定年ラジオ

元・ニッポン放送アナウンサー
上柳昌彦

三才ブックス

ーはじめにー
高田文夫先生の言葉

2017年11月13日。

午前11時30分。病院発の巡回バスに乗り込み、最寄りの駅まで出ようとしたら、車内のスピーカーからニッポン放送が流れてきた。

こう言ってはなんだが、今時珍しいこともあると思いながら耳を傾けていると高田文夫先生の「ラジオビバリー昼ズ」が始まった。

「観たよ、うえちゃんの出てたBSフジの番組。ちょっとテレビはきついなぁ。老けた（バイきんぐの）小峠（英二）だよ、あれじゃぁ」

前日、BSフジで放送された、オールナイトニッポン50周年の特番「熱響の時 オールナイトニッポン50年の系譜」のMCとして出演した私をご覧になっての先生の辛口トークだ。

病院帰りのおじいちゃんおばあちゃんに囲まれた私は、思わずキャップを目深にかぶり直し座席に身を深く沈めたのだった。

「でもあれだな、よく覚えてるよ。俺はあの時のことって一切覚えていないんだよ。あぁいうことは本にすればいいんだよ、うえちゃんは。ちゃんと残しておいたほうがいいよ」

あの時…32年前の12月。

BSフジの特番で、ビートたけしさんの「フライデー襲撃事件」直後に、局アナの私がたけしさんのピンチヒッターとしてオールナイトニッポンをヘロヘロになって担当したという話題に対し高田先生がそう言って下さった。

たけしさんのオールナイトニッポン

ニッポン放送入社5年目の1986年12月、当時私は深夜12時からの音楽番組を担当していた。

12月9日月曜日、午前3時にたけしさんのフライデー襲撃事件が発生したと資料にはある。このことが世間に広まったのは月曜日の午後から火曜日にかけてだったと推測できる。

そして木曜深夜1時から（正確には金曜午前1時）たけしさんは、当時社会現象にもなっていたオールナイトニッポンを担当していた。

番組が始まったのは、1981年1月1日。

「元旦や、餅で押し出す2年グソ！　ビートたけしのオールナイトニッポン！」というフレーズで始まり、高田文夫先生が書いたと後に明らかになる「この番組はナウな君たちの番組ではなく、完全にオレの番組です」という衝撃的な言葉を、春にニッポン放送に入社を控えた私は「なんだか凄いラジオ局に入るんだなぁ」とぼんやりラジオを聴いているお間抜けな大学4年生だった。

入社しても当然ぺーぺーのアナウンサーがたけしさんに会う機会などなく、ラジカセで録音したカセットテープを会社の行き帰りにウォークマンで聴いて「これはなんかもう、まったく次元もレベルも違う番組だよなぁ」と思うのみだった。

入社2年目の春、なぜかイベントの告知でたけしさんの生放送のスタジオに入ることになり緊張しながら原稿を読んだ。

「あれかい？　あんちゃんは、やっぱり放送研究会とか、そういうとこ行ってたのかい？」」と聞かれても「はぁそうなんス」と間の抜けた返事をするのがやっとだった。もっと気の利いたことを言えというものだが、恐れ多くてそのようなことはとても言えなかった。

深夜の音楽番組を担当するようになってからは、ちょいちょいお休みになるたけしさんの代わりに「たけし軍団」の皆さんと出演したことも何回かある。

つまりたけしさんご本人とは、まったくといっていいほど仕事をしたことはなく、いつも外からたけしさんと高田先生の高速回転トークを聴きながらただただ感心しているだけだった。

「ビートたけしANN」の全盛期は、たけしさんへの弟子入り志願者が、毎週ニッポン放送の玄関に大挙して押しかけ、社内にはそれが認められたらしい若者が毎週どんどん増えていった。

当時の有楽町社屋は、編成局と営業局の間の廊下にあって、お弟子さんたちがたちがそこにずらりと並び、その前でたけしさんが話をするシーンを見かけることもあった。

たけしさんがボソボソッと話すと若者がドッと笑う。するとたけしさんは棚の上に置いた小さなメモ帳に時々何かを書き込んでいた。

あれはラジオで話すフリートークとか、漫才のネタ的なものをあの場で話して反応を見ていたと思うのだが、本当のところはどうだったのだろう。

また、たけしさんがタップダンスを始めたころは「たけし軍団」と言われるようになった人たちも、時間があれば廊下に並んでカタカタカタカタとタップの練習をしていた。

ただ下の階には報道部のフロアーがあって、タップの振動で天井からホコリが舞い散り、報道部のデスクに「おいおい何とか言ってくれよぉ！」と言われ「すいません！　ホコリが下に落ちるのでもうちょっとソッとやってくれませんか」とお願いをしに行ったこともある。

水道橋博士さんにこのあたりの事を聞くと「もういましたね、その中に」と言っていた。

木曜深夜のニッポン放送には、たけしさんを崇拝するまだ何者でもない若者たちが集い、そのすべてを吸収しようという熱意にあふれた空間だったのだ。

午前3時の寿司桶

そしてとうとう「フライデー事件」が勃発する。世間はテレビも一般紙もスポーツ紙も雑誌もこの話題一色という状況。

さらに大きな関心の一つは「木曜日のオールナイトニッポン」はどうするのかということだった。私もどう対応するのかと若干他人事のように思っていたのだが、この言葉を聞いてわが耳を疑った。

「うえちゃん！　高田先生とやってね」

午前0時から1時までの生放送を担当していたから、自分には関係ないだろうと思っていたところへディレクターのM先輩からこの一言だった。

Mさんは私にとってラジオをイロハから教えてもらい「使えない奴」から「多少は使える奴」に育ててもらった恩人だ。

それにスタジオに高田先生がいるというのならなんとか大丈夫だろうと思い「はぁ、わかりました」と答えた。

午前1時までの自分の番組が終わり、CMの間に隣のスタジオに飛び込んでいつもはたけしさんが座っている椅子に腰かける。目の前には高田先生がスタンバイしている。

ところが、放送直前に高田先生がとんでもないことを言い出した。

「うえちゃんさ！　やっぱり俺ちょっと外で聴いてるわ。今、なんかいろいろ言って東スポとかに変に書かれちゃうとアレだからなっ！」

そう言うや否やスタジオの外にサッと出て扉を閉めてしまった。

耳元のイヤフォンからは「高田先生がさ、終わったら寿司食わしてやるからって言ってるよ。頑張ってね！」というMさんの声。

「あと、うえちゃんはたけしさんの味方になっちゃだめだからね。あくまでも中立の立場で進行してね！」という指示を「はぁはぁ」と聞いていたら、あっという間に午前1時の時報。

今でこそ逮捕となれば「〇〇容疑者は」と放送では伝えるが、当時のニュースで容疑者は敬称なしの呼び捨てだった。だから本来なら番組の中で「北野武は」とか「ビートたけしは」と言うべきなのだが「それだけは勘弁してください。この番組の中では『たけしさん』と呼ばせていただきます。すいません！」と冒頭で断ってから番組を始めたことだけはよく覚えている。

メールもない、ファクシミリもあまり普及していない時代だから、電話で様々な意見を寄せてもらったが「中立に、中立に」と心の中でいくら唱えても届くメッセージはみんな、たけしさんを擁護し帰りを待つという内容が当然圧倒的に多かった。

それでも「芸能人のプライバシーにどこまで踏み込んでいいのか」「あなたが写真週刊誌の記者だったらどうしたか」など稚拙な進行ではあったが様々な意見を紹介しながら番組を進めた。

そして最後には「報道とは何か」「伝えるとはどういうことか」ということを私自身に突き付けられ、そして考えさせられた…と記憶している。

午前3時の時報とともに番組が終わった。

達成感や満足感はまったくなく、ただただ「これで精いっぱいです、許してくださ い！」という心境で番組を終えた。

そしてヨロヨロとスタジオの外に出ると高田先生が「お疲れさんな！　ほらこれ食べてな！」と言いながら、こんな深夜にどこで調達したのかという高級なネタがずらりと並ぶ寿司桶の前で私を迎えてくれた。

極度の緊張の中で担当した番組だったが、翌日のスポーツ紙は締切に間に合わないこともあり、番組の内容には一切ふれることなく、ただ一行「なお、たけしのオールナイトニッポンは同局アナウンサーが担当した」とだけ書いてあった。名前もなしかぁ…ジャンジャン！という心境だった。

しかし、翌週、番組を聞いたたけしさんのファンの方々から多くの感謝の手紙が届いたことでずいぶんと救われた気持ちになったものだ。

「これを書き残しておけ」という高田先生の一言が本を書くきっかけになったが、こうやって当時の事を思い出すと、かなりあいまいな点や事実誤認もあるだろうが、次から次へと記憶がよみがえってくる。

しかし、実は病院からの帰りの巡回バスの中で、私はもう一つ大きな人生の岐路に立たされていたのだ。

前立腺ガンに

2017年の7月に受けた人間ドックは初めて経験した大腸の内視鏡検査も問題な

くやれやれと思ったのもつかの間、前立腺の腫瘍マーカー、PSAの数値が「6・1です。去年の4・1より増えてますねぇ。ちょっと様子を見てもいいですが、詳しく検査してもいいのかぁ。」という診断。ちなみにPSAは0ng/mL～4ng/mLが正常値で、4～10が25％～30％ガンの疑いがあるグレーゾーン。10以上が50％～80％の確率でガンが発見されるという。

結局組織を直接取る検査でガンがあることがわかり、前立腺摘出手術を受けることになってしまった。

巡回バスの中で「ラジオビバリー昼ズ」を聴いたのは、担当の先生に手術の詳しい説明を受けた直後のかなりヘビーな気持ちの時だった。

上柳という人間

定年と前立腺ガンの手術が同時に押し寄せた、相当にお間抜けな展開に直面している男のこれまでの人生を振り返ってみたい。

元・ニッポン放送アナウンサー・上柳昌彦。ウィキペディアで調べるとそれなりの経歴が出てくるものの、よほどのラジオマニアでなければ誰それ?という存在。

1957年生まれ。1981年に東京のラジオ局・ニッポン放送に入社し、アナウンサーを勤め上げてしまって、2017年8月31日に定年退職を迎えた還暦男。「やりたい仕事に就けたんだから幸せだよねぇ」と人に言われる一方で「勤め上げてしまったよなぁ」という気持ちがどこかにある。

つまりこの男、ラジオの世界で社会現象になるような功績を上げたこともなく、社史に記載される活躍をした訳でもなく、ましてや華やかなフリーアナウンサーへの転身なども夢のまた夢で、現在はニッポン放送の系列の会社に身を寄せて、早朝の月曜から金曜の「上柳昌彦　あさぼらけ」などを担当させてもらっている。

唯一語れることと言えば、社歴が長かったぶん、様々な経験とその時現場にたまたま遭遇してしまったという過去だけは多少持っているということだ。

目次

装丁◎二ノ宮匡（ニクスインク）
表紙・カバー絵◎岡田親

―1―

ラジオパーソナリティー
夜明け前

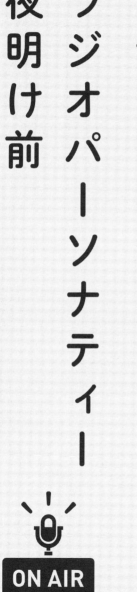

１９８１年の有楽町

男性2人、女性4人の新人アナウンサーとして研修が始まったのは、1981年2月16日、雪がちらつく寒い朝だった。

日付を覚えているのは、当時、小田急線・参宮橋の築30数年・家賃1万8千円、風呂なし・和式の共同トイレのアパートに住んでいた私が、新宿駅から丸の内線で銀座に出て、前日に半世紀にわたる歴史に幕を閉じた「日本劇場（日劇）」の前を通りニッポン放送に向かったからだった。

数寄屋橋の交番の脇から地上に出て、灰色の大きな旧・朝日新聞の社屋の横を抜け日劇の前を通った時に、思わず閉鎖された入り口から中を覗き込み、がらんとしたロビーを眺めながら「日劇の文化には乗り遅れたけれど、ラジオの新しい時代の幕開けにオレは立っているのではないだろうか！」などと大仰なことを考えたアナウンサーの卵以前の私だった。

それから半年にわたり、私をニッポン放送に拾ってくれた大恩人の菊池貞武デスクや斉藤安弘さん（※1）、梶幹雄さん、比嘉憲雄さんという先輩アナウンサーに徹底的に鍛えられた研修だった。

私はとにかく舌が回らず活舌は甘く、挙句に喉をつぶして医務室で蒸気の吸入を受けるという情けない体験もしたが、なんとか夏頃までには研修を終えることができた。

生放送の第一声は午後の圧倒的人気番組だった今仁哲夫さん（※2）の「歌謡パレードニッポン」の、新人アナウンサー紹介コーナーだった。

今仁さんのオールナイトニッポンには乗り遅れた世代だったが、学生時代に配送のアルバイトをしながらバンの中で「歌パレ」の「お便りだけがたよりです」や「哲ちゃんナオコのはちあわせドン！」を聴いていた。

が、ちょっとスケベなラジオの哲ちゃんのイメージとは異なり、スーツを着た眼光鋭い今仁さんは近寄りがたいオーラを発していた。

「だれが目標なの？　くり万かい？　ケッケッケ！『梅檀は双葉より芳し』と言うけど君はどうなのかな？　ケッケッケ！」

事前のアンケートにはほとんど触れることなく、この言葉で出番はあっと言う間に終わってしまった。もちろん放送後慌てて「センダンはって何？」辞書で調べたお間抜けな私であった。

時を同じくして、当時夜のワイド番組で売り出し中だったアナウンサーの故・塚越孝さん（※3）について宿直業務の研修も始めた。

年齢もほとんど変わらない報道部のアルバイトさんにも敬語を使いながら「ショウアップナイター」のスタジオスタンバイと2時間ほどの仮眠、朝5時からの定時ニュースなど様々を見学して業務が終わったのが朝10時だった。

これだけの仕事を毎週こなすのかという驚きと、ワイド番組のパーソナリティーも華やかな一面だけではないことを知った。

初日の宿直明けの日、塚越さんはまだ緊張が解けない私を、早朝から営業していた日劇の地下の飲み屋街に連れ出し、ビールをご馳走してくれた。

劇場に続いて閉鎖間近の迷路のような地下の飲み屋街を歩けたことは、大変に貴重な体験だった。

私が入社した1981年の春に始まったのが、高嶋ひでたけさん（※4）の朝8時からのワイド番組「今日も快調！朝8時」だった。

以後、２０１８年の春まで続く高嶋さんの早朝ワイド番組の幕開けだった。

宿直明けの報道部から旧社屋にあったブルースカイスタジオを見ると、白のジャケットに白のジーンズ姿の当時まだ局のアナウンサーだった高嶋さんが颯爽とスタジオ入りする姿が鮮烈に印象に残っている。

研修担当の菊池デスクが「高嶋君はああやって派手な格好をして、自分の気持ちを鼓舞しているんじゃないのかなぁ」と解説してくれた。

夜のワイド番組で一時代を築いた高嶋さんが、朝の番組を担当することになり気合を入れていたという訳だ。

おそらく高嶋さんにとっては「そんなことあったかなぁ」という程度の話かもしれないが、私にとっては非常に印象深い光景だったのだ。

くり万先輩の愛妻弁当と「北の国から」

宿直研修と同時に高橋良一アナウンサー（※５）について、日曜日のニュースや「日曜競馬ニッポン」の枠付けやスタジオスタンバイをする日曜日の日勤業務の研修も始まった。

　そしてその高橋さんこそ、今仁さんが「くり万かい？」と聞いた夜のワイド番組「大入りダイヤルまだ宵の口」のパーソナリティー・くり万太郎さんだった。

　今では私が勝手にスタジオにお邪魔している「笑福亭鶴瓶 日曜日のそれ」のディレクターとしてお世話になっているが、当時、新人アナウンサーにとっては「くり万さんに挨拶しても『うっせぃなぁ！』と言われましたがどうすればいいでしょうか」と菊池デスクに相談ほどの怖い存在の人だった。

　菊池デスクには「くり万はああ見えてとてもいい奴だから、あきらめずに挨拶をしなさい」と言われたが、そのような人と日曜日を一日一緒に過ごすのは大変な緊張だった。

　日曜日の昼食は、毎週報道のアルバイト君に弁当を買ってきてもらうシステムだったが、新婚だったくり万さんは毎週愛妻弁当を持参していた。

　ある日いつものようにアルバイト君に弁当を頼もうとすると、くり万さんが「いいんだよ、お前は」と言いながら奥様が作った私の分の弁当を手渡してくれた。一人暮らしの身にとって手作りの料理は本当に嬉しかった。

当時人気パーソナリティーのくり万さんが、高橋良一の名前で日曜日の定時ニュースを担当しているのには理由があり、それはしっかりと読む仕事も続けたいからだということを人づてに聞いた。

ワイド番組でしゃべる一方でニュースや朗読もできるアナウンサーになりたいと思ったきっかけのエピソードだったが、今思えば私の場合、どちらもまぁそこそこという苦難の道のスタートでもあったのかもしれない。

その後、私は朝6時にニュースのデビューとなる。

大船の実家では父と母が布団の上で正座して息子の放送を聴いていたことを後になって知った。

秋になると、いよいよ一人での宿直が始まる。ニッポン放送の男性新人アナウンサーにとって、元服のようなものと言えばちょっと大げさかもしれないが、当時の心境としては、それほどの大きな出来事だった。

10月10日・土曜日。一人での宿直デビュー初日の昼、くり万さんに連れられ、ある女子高の文化祭にお邪魔した。番組リスナーに招待されたものの、一人で行くのは照れ臭いということで私がお供したのだ。

見学の後、時間があったので立ち寄った喫茶店でくり万さんから「昨日の『北の国から』は観たか？」と聞かれた。

私にとって観たの観ないのという話ではなく、倉本聰さんの新しいドラマについて話をしたくて仕方がなかったのだ。

くり万さんと「これはすごいドラマが始まったのではないか」とか「子役の二人がいいですねぇ」などと語り合い私は会社へ向かった。

以後、まだビデオデッキもない時代の安アパートで、毎週金曜日に室内アンテナの小さなテレビの前で、それこそ正座をする勢いで観ることになった。

その後、原作の倉本聰さんや演出の杉田成道さんにインタビューをする機会もあったり、また年末の放送された倉本さん作・演出のラジオドラマにも役者として出演することになったり、ラジオ版の「北の国から」ではナレーションを担当することになるとは夢にも思わなかった。

さらに「北の国から　2002遺言」ではカーラジオから流れてくる山口百恵さんの「秋桜」の曲紹介をするアナウンサーとして、声での出演も果たすことができた。

後にそのようなこともあり宿直初日の日付をよく覚えているのだ。

鶴光師匠、所さん、そしてさんまさん

以来、土曜日の宿直を5年担当した。報道部のデスクは私の少し上の先輩社員でアルバイト君の学生も年が近かったので、合宿の夜のようで楽しかった。

当時の土曜日のオールナイトニッポンと言えば笑福亭鶴光師匠（※6）の全盛期。スタジオには裸の女の人はいるは、師匠のお友達の島倉千代子さんが真っ赤なセーターとパンタロンで遊びに来るは、当時まだ暇だったチェッカーズの高杢禎彦さんがスタジオの外で見学しているはと大賑わいだった。

また鶴光師匠の前の時間、23時からは所ジョージさんが「足かけ2日大進撃」（※7）という生放送を担当していて、午前0時半には短いニュースの時間があった。

オレンジブースという二ュース専用の小さなスタジオで毎週新人アナウンサーがニュースを読むのだから、所さんが放っておくはずもなく、トチらずに読み終えるとスタジオで大歓声の効果音が入るなどおもちゃにされまくり、モグラのように泊まり

込む職業アナウンサーという意味で「もんぐら職アナ」というニックネームまでつけられた。

所さんが番組スタッフの似顔絵を描いてプリントしたTシャツが番組ノベルティーとして作られた際、モグラがメガネをかけた「もんぐら職アナ」の絵も入れてもらったことも嬉しかった。

所さんに続いて明石家さんまさんの「ラジオが来たゾ！東京めぐりブンブン大放送！」（※8）が1983年から始まった。

途中からスタジオからの放送となったが、番組開始当初はまさに番組タイトル通りの「東京めぐり」で、さんまさんが都内各所から生放送を敢行するという企画で、宿直の私は外からの放送がなんらかのトラブルで中断した時のために毎週有楽町のスタジオでスタンバイをしていた。

そしてとうとうその「なんらかのトラブル」が大発生したのだった。

ゲストは坂崎幸之助さんで場所は坂崎さんのご実家の墨田区の酒屋さんからだった。さんまさんと坂崎さんが坂崎さんの実家から放送するのだから、面白いに決まっている。私は呑気にスタジオでゲラゲラ笑っていたのだが、その時現場からの音声が突然切れた。

あわててカフ（マイクのスイッチ）を上げ「今、現場からの音声が途切れていま す。そのままお待ちくださいね！」などと、なんとかその場をつないでいると坂崎さんの家からの音声が復活した。

「なんかなぁ停電になったみたいでなぁ！」とさんまさん。

こういったアクシデントがまた番組を盛り上げるのだなぁと思った瞬間、再び音声が途切れてしまった。

これはシャレにならないと思いながら、なんとか「お聴き苦しくてすいません」とつないでいると現場から小さな音で「おーい！ 聞こえてるかーぁ！」とさんまさんの声がする。

「聴こえてますよぉ！」と答えるのだが、さんまさんの声は大きくなったり小さくなったりする。

そのうちさんまさんが「おい！上柳！ ええかげんせぇやぁ！ どないなってるねん！」と叫んでいる声が聞こえてくる。

しかし残念ながらそれもまた小さくなっていく。そのような状況が何度も繰り返され、次第にこちらもその状況が少々面白くなってしまった時、スタジオのディレクターから「さてみなさん！　ここでクイズです！　この後何時何分にさんまさんの声が戻ってくるでしょう！　電話番号は～」と書かれたメモがさし込まれた。

またもや遠くのほうでさんまさんが「お前らなにしてけつかんねん！　ちゃんとせーや！　アホか！」と叫んでいるのだが、残念ながらさんまさんの魂の叫びはどんどんかき消されていく。

典型的な放送不体裁なのだが、さんまさんと坂崎さんが叫び、新人アナウンサーが真剣に心配するふりをしながら実はディレクターと遊んでいるという図を、リスナーの皆さんが面白がってくれて助かったと言えば助かった。

原因は坂崎さんの家が停電したとか、坂崎さんのお父さんがコンセントを抜いたとか、話がどんどん面白い方に行ってしまい、本当の理由はすっかり忘れてしまった。

マイクの前が苦痛だった頃

時間は少し戻る。アナウンサー生活も1年半がたった秋、学生時代から住んでいた参宮橋のアパートを引き払い実家の大船に戻った。

仕事では初のレギュラー番組「くるくるダイヤルザ・ゴリラ」（※9）の金曜のパーソナリティーに抜擢された。

夜9時から始まる番組の冒頭は、詰め込めば200人は入ろうかというスタジオ「ラジオハウス銀河」（※10）での公開生放送だった。

生放送の緊張に加えお客さんの前というプレッシャー。いやお客さんがいればいいのだが、ゲストに小泉今日子さんや郷ひろみさんが来ているにも関わらず、名も知れぬ新人アナウンサーの夜の番組にわざわざ有楽町まで足を運ぼうという奇特なリスナーは少なかった。

15人ほどのお客さんが集まったガランとしたスタジオで、番組が始まるとスタジオのわきで「どうなってんの？　これしかお客がいなのかよぉ」とマネージャーさんが仲のいいディレクターにぼやいているのが聞こえきて、どうにも情けないないのだが、残念ながらその状況は毎週続くことになる。

しかも当時は文化放送の吉田照美さんの「夜はこれからてるてるワイド」（※11）が圧倒的に強く、始まって2か月もしないうちに私の番組は打ち切りになると聞かされた。

落ち込む中、「ゴリラ」の番組内で流れる録音番組の「日立ミュージックイン」の最中に、照美さんから「番組終わっちゃうんだって？」と副調整室に電話が突然入った。

よせばいいのに「はい、そうなんです」とバカ正直に答えたところ、なんとこの声が文化放送の生放送に流れるといういたずらに、見事に引っ掛かってしまうというお間抜けな展開になってしまった。

「まだ公に発表していないのに何正直に答えてるんだ！」とディレクターにさんざん怒られたが、私は逆に「さすが照美さんだなぁ」と感心するばかりだった。

吉田照美さんとは私の学生時代にちょっとしたご縁があったのだが、その話はまた後程。

その頃は、好きでなったはずのラジオ局のアナウンサーにも関わらず、何をやってもどうにもうまくいかず、マイクの前に立つことが苦痛にすらなっていた。

「お前は地味だからさぁ、背中に柳の入れ墨でも彫って上半身裸で街を歩いてみろよ！」と冗談半分に言われても「いやぁそれはちょっとぉ」と答えてしまい「お前つまんない奴だねぇ」と言われてしまう。

「そうだよなぁ地味でつまんないしゃべり手なんだよなぁ」と落ち込むばかりの中で最初のワイド番組は終わってしまった。

そしてたまたま空きが出たという事で放り込まれたのが「オールナイトニッポン月曜第2部」だった。

中島みゆきさん

ご存知の通りオールナイトの月曜1部は中島みゆきさん。ここから今に至るまでみゆきさんとの長い長いおつきあいが始まった。

当時のオールナイトニッポンは午前1時からの第1部と、午前3時からの第2部のディレクターは兼任で、なおかつスタジオも同じだった。だからみゆきさんの番組のエンディングで、みゆきさんの曲が流れる中で、わらわらとスタジオの入れ替えをし、今までみゆきさんが座っていた椅子に腰を下ろし、みゆきさんのお尻のぬくもりを毎週感じながらの3時のスタートだった。

本番前のみゆきさんがスタジオ内で黙々と赤ペンを持ってハガキの下読みをする姿や、これはのちに有名な話になったが、本番中マイクの前で住所と名前を呼んだハガキをわざとクルっと音をたてて裏返して、内容を読みだす光景を見るなど貴重な体験をした。

あなたのハガキは今私の手元に届いていますよということを知らせるために、あえて音を立てていると聞き、なるほどと深く感心した私もバッサバッサと毎回音を立ててハガキを裏返すようになったのは当然だ。

制作部に毎週届くハガキは曜日ごとに1部と2部が同じロッカーに置かれるので、膨大な量のみゆきさん宛のハガキの中から私の番組宛のハガキを探し出すのは本当に大変だった。

そして今も、みゆきさんは日曜の深夜3時からの生放送「中島みゆきのオールナイトニッポン月イチ」（※12）を毎月一回有楽町のスタジオから全国の皆さんにお届けしている。

さらに私はみゆきさんの番組の後、午前5時から「上柳昌彦　あさぼらけ」という生放送を担当している。

そう1983年のころと同じように、今でもラジオ長屋の隣同士に私たちは住んでいて、みゆきさんのスタジオ午前4時に行き、ちょっとおしゃべりをした後に全国の天気予報を紹介している。

あの頃も同じようにみゆきさんのコンサートツアーのスケジュールを紹介をするためにスタジオに呼ばれることもあったので「これもまぁご縁よねぇ」とみゆきさんに言われたりもするのだ。

笑福亭鶴瓶さんからの電話

そうやって始まった深夜放送だったが、なんとかして面白いラジオを作りたいと思えば思うほど空回りをしてしまう。

他のパーソナリティーの皆さんはどんなことをやっているのかと「ラジオマガジン」（モーターマガジン社）などを参考にして、夜な夜なダイヤルを回し神奈川県の大船から全国のワイド番組を聴いていた。

そして日曜深夜にたまたま流れてきたのが笑福亭鶴瓶さんの声で、それがラジオ大阪日曜深夜の「鶴瓶・新野のぬかるみの世界」（※13）との出会いだった。

鶴瓶さんと放送作家の新野新さんが様々なことこだわり、語り、笑い、怒り、そしてケンカをする番組で、二人が明らかにムッとしたまま曲が唐突に流れてくる緊張感と可笑しさと、なんと言っても放送終了時間が決まっていない自由さがよかった。

さらに朝起きてラジオのスイッチを入れても、そこにはサーッというホワイトノイズが聴こえるだけで、昨晩の事はうたかたの夢のように思えることも魅力的で、挫折新米アナウンサーくんはあっという間に「ぬかるみの世界」の虜になってしまった。


ある日、鶴瓶さんが「この番組聴いてるマスコミの人間かて全国にいるんとちゃいます」というと新野先生が「そやなぁ。連絡してほしいわなぁ」と答える。すると鶴瓶さんが「ほならアナウンサーとかなんかそういう関係の人で聴いてたら手紙送ってんか。電話で話してみたいわ」と言うではないか。

ん？　これは私に呼び掛けているのではと思い込んでしまうのがお間抜けなところ、いや若さゆえと言う事か。

さっそく次の日に「ニッポン放送のアナウンサーで、オールナイトニッポン月曜2

部を担当しています。電話番号はこれです」と律義にハガキを書いたものの、まさか採用はされないだろうと思いのんきに次の週の日曜深夜に放送を聴き始めた。

番組冒頭で「新野先生、アナウンサーからハガキが来ましたでぇ」と鶴瓶さん。「ホンマかいな」と新野先生。「電話番号が書いてあるからかけてみましょ」となって大船の実家の玄関前の電話が鳴りだす。

まだ起きていた母がその電話を取ろうとするのを2階から階段を駆け下りながら「だめ！　オレがとる！　鶴瓶さん！」と叫んで受話器を取って図らずも「ぬかるみの世界」に出演してしまった。

「連絡くれたアナウンサー、あんただけやったでぇ」ということだけは覚えているが、あまりの出来事に何を話したのやらまったく覚えていない。

担当していた「オールナイトニッポン」にも「先週『ぬかるみの世界』に出てたでしょ」というハガキが来たり、「毎日放送の『突然ガバチョ！』っていう鶴瓶さんのテレビ番組のオープニングテーマがうえちゃんのオールナイトのテーマと似てるよ」という投書も届いた。

オールナイトニッポンのテーマと言えばハーブ・アルパートの「ビタースィートサ

ンバ」だが、2部はエンディングが「ビタースィートサンバ」でオープニングのテーマはそれぞれが好きに選曲していた。私の番組は洋楽好きの先輩ディレクターがビートルズの「A HARD DAY' S NIGHT」のファンクバージョンをテーマに選んでくれた。そして鶴瓶さんの「突ガバ！」のオープニングテーマは本家ビートルズの「A HARD DAY' S NIGHT」だったという訳だ。

その後親切なリスナーの皆さんがそれから毎週「突ガバ」のビデオや関西のバラエティー番組を送ってくれるようになった。実はそのことがその後のアナウンサー人生に大きな影響を与えてくれることになる。

僕のラジオの教科書は大阪のテレビだった

「突然ガバチョ！」は1982年から85年まで関西地区を中心に放送された、鶴瓶さんが司会をする毎日放送（MBS）のバラエティー番組で、観客を巻き込んだコーナーも多く参考になることが多かった。

その番組の構成を手掛けていたのが、中島みゆきさんのオールナイトニッポンの構成作家でもある寺崎要さんだったこともあり、当時のＭＢＳ千里丘放送センターで収録を見学をしたこともある。

観客は大阪中心部からバスに乗り千里丘にやってきて、到着すると玄関から廊下までずらりとスタッフが総出で出迎え、スタジオに入ると屋台のたこ焼き屋まで用意されていた。

さらに収録後も、バスまでスタッフが並び手を振ってバスを見送るという徹底した「おもてなし」の手法は、その後自分の公開放送などの際、大いに参考になった。

またスタジオで観客を出迎えながら作家の寺崎要さんが、その中の数人を会議室に誘導していた。

これは鶴瓶さんが大阪のオカン役、長江健次さんがオトン役になり選ばれた観客が子どもになるコーナー「突然親子」の出演者を選んでいる光景だったのだ。

会議室で要さんは矢継ぎ早に「部活は何してんの?」「レギュラーになれそう?」「最近さぼった?」「なんで?」「遊びに行ったんか?」「あかんやん!」等々の質問をし、それらの答えを箇条書きにしてスタジオ内のセットの茶の間に座るオカンの鶴瓶さんの膝元にそっと置く。

鶴瓶さんはそのメモをチラっと見ながら「○○！あんたおかあちゃんに言わんとクラブさぼったらあかんやんかぁ！」といきなり叱り飛ばすものだから、子ども役の観客は素になって、しどろもどろに言い訳する姿に会場は大爆笑となる。

実によくできたシステムだとこれまた感心した。

そして番組のエンディングは鶴瓶さんと長江健次さんが生放送でどこかの街に出没する「突然ナマ放送」というコーナーだった。

「あそこに見えるのはどこかの女子大の女子寮らしいでぇ」と夜の街で鶴瓶さんが言うと、しばらくして女子寮の明かりがつき、窓という窓が開いて「ぎゃー！」という歓声が上がり玄関から女子大生たちが二人をめざして飛び出してくる。

そしてこのシーンの強烈な記憶が、ラジオってどうやったらいいのだろうと迷いの境地にいた私を少しだけ救い出してくれることになる。

夜明け前の奇跡！新宿ワシントンホテルにて

月曜2部のオールナイトニッポンを始めた9ヶ月後、1983年12月に「新宿ワシントンホテル」が開業した。当時は「副都心」と呼ばれていた新宿の高層ビル群の一角にできた白い外観のホテル。その数日前の深夜3時に、ホテルの最上階25階のスイートルームから生放送をすることになった。

私に与えられたミッションは、内容は何でもいいからとにかく「新宿ワシントンホテル！ 12月12日開業！」と連呼しろというものだった。

ハガキや進行表や機材と共に深夜にホテルに入ったもののスイートルームの間接照明の中でどうにも眠たくなってしまい、番組が始まってもテンションがさっぱり上がらない。

CMが流れる間、これはなんとかしなければと思いながら、放送作家の関秀章さんと180度の半円形に広がった窓に写る都心の美しい夜景をぼんやり眺めていた。

関さんは当時、まだ駆け出しの放送作家だったが、後に「ニュースステーション」や「ブラタモリ」「たけしの家庭の医学」「NHK紅白歌合戦」などの人気番組の構成を担当することになる

その時私の脳裏に「突然ガバチョ！」のエンディングの、女子寮の窓明かりが次々についていく様子がふと浮かんだ。

深夜3時過ぎとはいえ、甲州街道など車の往来はそれなりにある。このような呼びかけをしてはいけないことは重々承知の上で、しかしまさかなぁという思いで「西新宿の白いビル、ワシントンホテルの25階から生放送中です！付近を走行中のドライバーさん！ヘッドライトをパッシングしてくださーい！」とマイクに向かって叫んでしまったのだ。

するとすると道路のそこここでパッ！パッ！パッ！とパッシングをする車がいるではないか。うれしいのだがこのラジオを聴いていないドライバーさんにとってはいい迷惑である。

あわてて「わーっ！　すいません！すいません！　パッシングやめやめ！」と再び叫んだ。

ではということで「代々木八幡や初台、幡ヶ谷方面から中野の方も見えてるけど、もし聴いてたら部屋の電気を着けたり消したりして！」と呼び掛けた。

すると様々なところで点滅が見えるではないか。

こうなるともう先ほどまでの眠さは吹き飛び、スタッフ全員で窓にへばりつき「あそこがチカチカしてる！」「多分あれもそうだ！」と大騒ぎ。

「じゃぁ初台のあたりで点滅させてくれている人！　YESだったら1回！　NOだったら2回点滅させてねぇ！　男の子？」「パッパッ！」

あぁ女の子なんだぁ！「パッ！」

「高校生？」「パッパッ！」

「大学生とか社会人？」「パッパッ！」

「うん？　浪人生！」「パッ！」

「おーっ！　女の子の浪人生なんだぁ！　がんばってねぇ！」

なにせ携帯もＬＩＮＥもない時代、モールス信号の一つも知っていればもう少しこみいった話もできるのだが、ほとんど狼煙（のろし）を上げて遠隔地と連絡を取っているような超アナログ的な会話を、その後何軒も次々に行った。

中には懐中電灯やサーチライトとしか思えないような強力な光を向けてくれる人もいて、盛り上がりに盛り上がりあっという間にエンディングを迎えた。

「みんなぁ！　ありがとぉ！　じゃぁ最後にみんなで点滅したり懐中電灯をクルクル回してくれぃ！」と呼びかけると視界１８０度のそこここで部屋の明かりが点滅したりクルクルと光の輪を見ることができた。

部屋から下を見下ろすと、なんと前輪を持ち上げて懸命にこちらを照らしている原付バイクも数台いた。

この時初めて「ラジオって面白い！　楽しい！」と思えた。

予想外の事が起こってしまった時こそ番組は跳ねるし、その時に何ができてどう反応できるかをパーソナリティーはいつも問われていることを痛感した。


この日の出来事には様々な後日談がある。

意気揚々と有楽町に戻ると、ホテルからの音声をスタジオで受けていたディレクターから「何をやってんのかよくわかんなかったよぉ」と言われてしまった。おそらく稚拙な表現でワーワー騒いでいるだけの放送だったのだろう。

しかし！と言ってはなんだが翌週に「代々木で点滅させていましたぁ！」「父のサーチライトを引っ張り出しましたぁ！（父のサーチライトとはなんだ？）」などいつもの何倍ものハガキが届いた。

そして嬉しかったのは「和歌山で懐中電灯振ってましたぁ！」とか「福岡でも点滅が見えましたぁ！」というハガキもたくさん届いたことだ。

そうか！　ラジオは想像の世界でこんなに遊んでくれる人がいて、さらに想像力が豊かな人は何倍もラジオを楽しむことができる。

ラジオリスナーが１００人いれば。その頭の中にはそれぞれ１００のスクリーンがあり、私はそのスクリーンに様々な映像を映し出すきっかけを作ることができたのだ。

場合によってはパーソナリティーの一言やちょっとした音で、リスナーという名の監督はそのスクリーンにこちらが想像している以上の映像を投影しテンポの良い編集をしてぴったりと合った音楽までつけてしまうことも可能なのだ。

絵がないラジオというメディアは、やはり面白いし奥深いと思った
そしてもう一つの後日談。

新宿ワシントンホテルからの生放送を知った作家の黒井千次さんから詳しく状況を聞かせて欲しいと連絡があり、後にこのエピソードが短編小説になったということもあった。

これらはすべて「突ガバ」のエンディングの演出に感化されてのことだった。

そしてこのようなミラクルな瞬間を追い求めて私のアナウンサー生活が本格的に始

まった。

新宿ワシントンホテルで私が放送したスイートルームは今はなく、最近になって「金曜ブラボー。」の生中継で訪れたところ、広い部屋は3つに分けられて使われていた。ホテルは訪日観光客の利用が多いという。見える風景もあの頃は新宿から西に高層ビルなどはなかったが、今は初台の東京オペラシティなど、高層ビルも増えた。

注釈

（※1）斉藤安弘
元・ニッポン放送アナウンサー。オールナイトニッポン担当時は、亀渕昭信との「カメ＆アンコー」コンビで人気を博す。2003年から5年半「オールナイトニッポンエバーグリーン」で月曜から木曜の午前3時からの番組を担当した。

（※2）今仁哲夫
元・ニッポン放送アナウンサー。70年代から90年代にかけて、昼のワイド番組「歌謡パレードニッポン」のパーソナリティーとして人気を博す。

（※3）塚越孝
元・ニッポン放送アナウンサー。早朝の「朝からたいへん！つかちゃんでーす」（1986－1993）で話題になる。2012年逝去。

（※4）高嶋ひでたけ
元・ニッポン放送アナウンサー。朝ワイド「お早よう！中年探偵団」など、ニッポン放送で長年〝朝の声〟を務めた。

（※5）高橋良一
「くり万太郎」のマイクネームで知られる元・ニッポン放送アナウンサー。

（※6）笑福亭鶴光
「オールナイトニッポン」（1974－1985）、「鶴光の噂のゴールデンアワー」（1987－2003）などニッポン放送の人気番組を歴任。大人なネタで人気を博した。

（※7）足かけ2日大進撃
初代はせんだみつお、2代目を所ジョージが務めた土曜日の生ワイド番組。夜11時開始の深夜1時終了の番組ゆえ「足かけ2日」。

（※8）ラジオが来たゾ！東京めぐりブンブン大放送！
1983年から1988年まで続いた土曜夜のワイド番組。明石家さんまはこの番組終了後、29年を経た2017年に『君に耳キュン！雪どけ 春の大作戦 明石家さんま オールニッポン お願い！リクエスト』でニッポン放送に復帰。

（※9）くるくるダイヤル ザ・ゴリラ
1981年10月スタートのニッポン放送の夜ワイド。放送開始2年目から上柳は担当するも…半年を待たずして終了。後に三宅裕司を一躍スターにのし上げる「ヤングパラダイス」が始まる。

（※10）ラジオハウス銀河
ニッポン放送旧社屋にあった大型スタジオ。天井がドーム型。通称「銀スタ」。公開放送だけでなく、落語会、ライブ、歌のレコーディングなどにも使われた。

（※11）夜はこれからてるてるワイド
吉田照美が務めた夜のワイド番組（文化放送 1980－1987）。ゲリラ的な企画や人気アイドルが数多く出演し、文化放送の看板番組となる。クイズなどで電話出演するリスナーに学校名を聞き、リスナーが答えると、必ず「名門！」と返していた。

（※12）中島みゆきのオールナイトニッポン月イチ
2013年4月から月に一度、中島みゆきが日曜深夜の放送休止枠で行っていた生放送。レギュラーラジオは実に1987年のANN以来。2018年9月終了予定（2018年8月現在）。

（※13）鶴瓶・新野のぬかるみの世界
ラジオ大阪で放送（1987－1989）。とりとめのない「ウダ話」の深夜2時間半の生番組だが、番組へのハガキがきっかけで様々なムーブメントが起きた。中でも「通天閣・新世界ツアー」では、5千人が集まり、機動隊が出動する騒ぎに。

―2―

転校生だった僕とラジオ

ON AIR

転校生

生まれは大阪天王寺の病院。（住んでいたのは片町線の住道というところ。後に毎日放送のアナウンサーだった角淳一さん（※14）がほど近い四条畷出身であることを知る）

その後すぐに群馬県高崎市新町に移り、幼稚園に入るころに兵庫県高砂市に引っ越す。群馬の高崎から上野に出たときに蒸気機関車が走っていたことや、新橋第一ホテルに一泊してクリーム色に赤のラインの「こだま号」に乗ってか大阪に行ったことをうっすらと覚えている。

高砂には小学4年までいたが、2年の夏休みの間だけ石川県の金沢に引っ越した経験もある。クラスでお別れ会を開いてもらい担任の宮崎正先生から思い出のアルバムまで作ってもらったにもかかわらず、9月にはまた同じクラスに戻ってきた。子ども心にも「人生には思いもかけないことが起こるもんやなぁ」と思ったものだ。

小学4年の秋から6年まではキャベツ畑の中をてくてく歩いて横浜市立神大寺小学校に通った。5年の時に転校してきたS君とは大の親友になったが、6年になり彼のお母さんは病気で亡くなってしまった。

母親がこの世を去るということの悲しみを想像することもできず、ただただいつも一緒に遊んでいたが、街にはカルメン・マキさんの「時には母のない子のように」が流れていて子ども心に切ない思いをした。

6年の途中で東京に引っ越すことになったが、S君と離れることと皆と修学旅行に行けなくなることがどうしてもいやで、校長に直訴して世田谷の等々力駅から電車とバスを乗り継いで越境通学をした。

通学時間は長かったが、そのおかげで東横線の中で翌年開催される「大阪万博」の解説本を暗記するほど読み込むことができた。


中学は世田谷区立東深沢中学、小田原市立城山中学、世田谷区立尾山台中学と3回転校したが、尾山台中学の同学年には後に「ずーとるび」のメンバーになる今村良樹さんがいて、一つ下の学年にはジョン・カビラさんがいた。

だからジョン・カビラさんに会った時には「先輩！」と言われてしまう。

そして高校から大学までは東京と少々落ち着いてくる。

ラジオを聴く

１９６０年代の後半、小学生の高学年になると新聞の社会面に「深夜放送ブーム」という記事が掲載され、街にはオールナイトニッポンから生まれたヒット曲、ザ・フォーク・クルセダーズのデビューシングル「帰ってきたヨッパライ」が流れていた。

１９６７年秋に始まったその「オールナイトニッポン」なるものを聴きたくて、当時横浜に転校していた私は目覚ましを深夜1時にセットして寝るのだが、残念ながら1回も起きることができなかった。

そして１９７０年、世田谷から転校した小田原の中学1年の秋、クラスでリーダーシップを取るような生徒が「深夜放送はさぁ『オールナイトニッポン』もいいけど『パック・イン・ミュージック』（※15）も面白いよぉ！」という言葉に影響され、ラジオを聴くようになった。

最初に体験したのは土曜深夜の亀渕昭信さん（※16）の「オールナイトニッポン」でそこからラジオの世界にのめり込んでいった。

夜の10時台のニッポン放送では「夜のドラマハウス」「江戸川乱歩シリーズ」、カメさんアンコーさんの録音番組。「あおい君と佐藤君」「フォークビレッジ」「コッキーポップ」「日立ミュージックインハイフォニック」「拝啓青春諸君」等々。

TBSラジオでは小島一慶さん、林美雄さん、野沢那智さんと白石冬美さんのコンビ、そして愛川欽也さんの「パック・イン・ミュージック」。桂三枝さんの土曜日の「ヤングタウンTOKYO」「中村メイコ私のロストラブ」「麻梨子産業株式会社」。文化放送では土居まさるさん、みのもんたさんの「セイ！ヤング」（※17）と夕方の「ハローパーティー」等をそれこそ聴きまくった。

この中に入って何かしたい！

深夜放送を聴きだした70年代初頭は、局のアナウンサーから吉田拓郎さんや南こうせつさん、そして谷村新司さんなどのフォークシンガー（まだニューミュージックという言葉はなかった）の番組に人気が移っていく時期だった。

中学3年の受験期に小田原から東京世田谷の中学に転向し、当時神奈川県で実施されていた「アチーブメントテスト」のそれなりに頑張って取った成績が東京では全く関係ないという事実に唖然とするばかりだった。

この頃熱心に聴いていたのが南こうせつさんの「パック・イン・ミュージック」だった。高校に受かった春に「かぐや姫」のコンサートなどに足を運び、曲もさることながら曲間のMCを寄席に行く感覚で聴いていた。また「深夜放送ファン」や音楽雑誌の「ガッツ」でもラジオを担当するミュージシャンの特集がよく組まれていた。

その中にスタジオの中のこうせつさんと伊勢正三さん、山田パンダさんがパイプ椅子に座りマイクの前で大笑いをしていて、ガラスの向こうの副調整室ではディレクターやミキサーやその他何をしているのかわからない長髪にジーンズ姿のスタッフが、これまた楽しそうに笑っているという写真があった。

この1枚に激しく心を奪われ「この中に入って何かをしたい！」とラジオのスタジオに憧れを持つきっかけとなった。

後に「かぐや姫」のベストアルバムの歌詞カードの中にこの写真が掲載されていて「私がラジオに憧れたきっかけになった写真なんです」とこうせつさんにお礼を言うこともできた。

夏休みなどになるとＴＢＳラジオの午後のワイド番組、愛川欽也さんと見城美恵子さんの「それゆけ！歌謡曲」、ニッポン放送「月家円鏡のハッピーカムカム」、そして永六輔さんの「土曜ワイドラジオＴＯＫＹＯ」など大人向けの番組も聴くようになっていった。

そしてある一人のアナウンサーの魅力に引き込まれることになる。

久米宏さん

「深夜放送ファン」という雑誌で「久米宏アナウンサー病気で『パックインミュージック』５週降板」という小さな囲み記事を見かけたのは中学1年のころだった。久米宏という若いアナウンサーがＴＢＳにいるということを初めて知った瞬間だった。

しばらくすると「それゆけ！歌謡曲」で、後の和田誠夫人の平野レミさんとの速射砲のようなやり取りで行われる中継コーナーや「土曜ワイドラジオＴＯＫＹＯ」のオープニングの団地の前での「聴取率調査」や「なんでも中継」で再び久米さんの名前を聴くことになる。

このあたりのことは久米さんの「「久米宏です。ニュースステーションはザ・ベストテンだった」（世界文化社）に詳しいが、私は「土曜ワイド」の久米さんの「東京の街ここはどこでしょう」という中継コーナーでラジオの面白さに引き込まれていくことになる。

久米さんの当意即妙な即時描写とマイクから伝わってくる街の音、そして足音、これだけで久米さんが歩く街はどこかを当てるというクイズだった。

砂利道をザクザクと歩く音、遠くから何かをたたくような音「ちょっと近づいてみましょう」という久米さんの囁き。この時私の脳裏には行ったことのない街の光景の中にマイクを持った久米さんが歩く姿がはっきりと浮かんでいて、リスナーの脳裏にこの人は映像を映し出していると感動したものだ。

前述の「新宿ワシントンホテル」からの生放送で、私の放送は少しはそれに近いことが出来ていたのだろうか。

時間は一気に21世紀へと流れる。

２００４年９月20日、その年の春に「ニュースステーション」を終えた久米さんが、ニッポン放送で「久米宏と１日丸ごと有楽町放送局」という番組に出演することになった。オープニングは丸の内仲通りをマイク一本で歩きながらのスタートだった。久米さんは「一番いい足音がする靴を引っ張り出してきた」と言いながら心地よい靴音とともに午前6時の都心の風景をリポートした。

そして当時私が担当していた「うえやなぎまさひこのサプライズ！」の時間では有楽町の定食屋「岩崎」の店の中に入り込み、2階の住居につながる階段を店の奥さんのわきの下の匂いを嗅ぎながら上がるという相当にレベルの高いリポートを久米さんは敢行したのだった。

中学生の時から聴いていた憧れの人に「リポーターの久米さんー！」とスタジオから呼びかけたことに深い感慨を覚えた。

夕方5時台のエンディングは、ニッポン放送社屋5階の小さなベランダから、久米さんと二人で、工事中の東京ペニンシュラホテルと日比谷公園方面を眺めながらの放送だった。

夕暮れの景色の中で「上柳君はねぇ、半径1・25メートルという感じのしゃべりなんだよねぇ」と久米さんに言っていただいたことは忘れられないが、当時は良い意味で捉えていたのだが本当はどうだったのだろうとも思う。

番組で新聞記事を拾い読みしながら、とかく半径が広がりすぎて手に負えないことが多々ある中「半径1・25メートル」で考えればよかったと後悔することは多いのだけれど。

注釈

（※14）角淳一
元・毎日放送アナウンサー。「MBSヤングタウン」「すみからすみまで角淳一です」など人気ラジオ番組を担当。1999年からは同局テレビ「ちちんぷいぷい」で新境地を開拓した。

（※15）パック・イン・ミュージック
TBSラジオの深夜放送。「オールナイトニッポン」より2ヶ月早い、1967年8月開始。野沢那智・白石冬美の「ナチ・チャコ」コンビが人気を博す。1982年放送終了。

（※16）亀渕昭信
ニッポン放送のディレクターから、パーソナリティーへ。齋藤安弘とのコンビ「カメ&アンコー」で人気を博す。その後編成局長などを経て社長に。

（※17）セイ！ヤング
「オールナイト」「パック」と並ぶ、文化放送の深夜番組。さだまさし（グレープ）、谷村新司&ばんばひろふみらミュージシャンが多く出演。笑福亭鶴瓶の東京での初レギュラーラジオもここだった。

—3—

アナウンサーへと導かれし頃

中学の恩師と自堕落な高校生活

中学3年だけ通った中学の担任は美術担当の山賀先生だった。ある遅い夜に山賀先生が家を訪ねてきて父と居間でウィスキーを飲んでいた記憶がある。

２０１０年の冬に奥様の実家の北海道せたな町に移り住んだ先生を訪ねた。なぜあの時父と飲んでいたのかと聴くと「お前が高校に行く意味が分からないと言ってるのを心配しているご両親を訪ねたら、なんだかお父さんと意気投合して飲んだんだよ」とおっしゃった。

私にはそんなことを言った記憶がまったくないのだが、転校生で受験生という不安定な状態がそう言わせたのだろうか。

その後なんとか都立新宿高校に入ったものの、世の中には勉強もスポーツもできる人が大勢いるもんだという事実に直面し、どんどんと落ちこぼれてゆく私だった。

一方で制服が廃止された学校だったため大学生にでもなった気分で、通学定期券のおかげで、世田谷の自宅から新宿まで通う途中の、自由が丘や渋谷でたびたび途中下車して授業をサボるようになった。

渋谷の東急名画座、渋谷全線座、自由が丘の武蔵野推理劇場などで数百円で「アメリカンニューシネマ」を中心に過去の名画の数々を観ることにはまってしまった。映画館の暗闇に身をひそめる快感と、学校をさぼっている罪悪感が入り混じった状態で観る映画はどの作品も心にしみた。

昼休みには学校に行って母の作った弁当を申し訳ない気持ちで食べ、午後の授業に顔を出し家に帰って仮眠をしてから明け方までラジオを聴くというかなり自堕落な生活を送っていた。

唯一、生き生きとしていたのは文化祭の時期くらい。「毎日が学園祭みたいな仕事はないものか」とぼんやりと思う落ちこぼれの高校生。自分が何者でもなく、将来に対する漠然とした不安だけを抱く高校2年の終わりに、恩師からの一言が私の運命を変えた。その場所は教職員用のトイレだった。

教職員用トイレにて

次の授業が体育だったが時だったたか、急にトイレに行きたくなり校庭に近い教職員用のトイレに飛び込んで用を足していたところ、担任の有元先生が入ってきて「だめだろう。お前がここに入っちゃ」「すいません！　がまんできなかったもんで」などという会話を交わしての連れションとなった。

国語担当の早稲田を卒業して数年という先生は、放課後に生徒と一緒に映画の話などもする兄貴のような存在だった。

先生は用を足しながら突然私に「で、お前は将来何をやりたいんだよ」と聞いてきた「はぁ、いやぁ別に…」と当時私の世代に名付けられた三無主義の典型のような受け答えをした。

覇気のない私の返事に先生が「お前はさぁ、しゃべることが得意そうだから、そっちの方に行けばいいんじゃないか」と突然言う。

とっさに私は「しゃべる仕事って、例えばなんですかねぇ？」と聞いた。

「俺もよくわからないが例えばアナウンサーなんかじゃないか？」

「でも先生、アナウンサーってどうやったらなれるんですか？」

「うーん、やっぱり大学は出た方がいいだろ」

私の低迷した成績を考慮してやる気の一つも持たせる意味もあったのだろうが、そのような会話を連れションをしながら交した。

この時、なれる訳がないと思っていたアナウンサーという職業を初めて意識した瞬間だった。

放送研究会

アナウンサーを多く輩出している大学を調べると、早稲田と立教がなんとなく多いような気がした。インターネットなどない時代なのであくまでもなんとなくだ。

なんとか一浪して立教大学に潜り込んだ新入生歓迎の時期、当然多くのアナウンサーを輩出している放送研究会の部室に行くと思いきや、私がまず訪れたのは「落語研究会」だった。

放送研究会ではあまりにもストレートすぎて気恥ずかしかったのだ。

ところが訪ねた落研の部室はもぬけの空で、待てど暮らせど誰も来ない。なら仕方ないと道を隔てた放送研究会の部室に向かうと、四丁目と呼ばれたキャンパス内の交差路にステージが組まれ、そこで大柄な男性が流暢に司会をしていた。

　達者なものだとしばらく眺めてから長屋と呼ばれた古い木造の部室を訪ねた。

　華やかなイメージを持っていたが、それほど部員は多くなく、しかしなんとなく居心地がよかったので世話になることになり、人生で初めての発声練習などを始めることになった。ちなみに司会をしていた3年生の先輩は、桜美林高校野球部で選抜高校野球にも出場経験もある林正浩さん。後にＴＢＳに入社しスポーツアナウンサーとして活躍をする。そりゃ上手いわけだ。

　あの時、落語研究会の部員は四丁目脇の芝生で宴会を開いていたと落研に入ったクラスメートに後から聞いた。落研の宴会に参加していたら私の人生はまた違ったものになっていたかもしれない。


　中学、高校の文化祭が印象的だったので大学ともなるとその規模も大きくなってと期待が膨らんだが、それは放送研究会初日に無残にも打ち砕かれた。

　入学した１９７７年は、もはや大学学園紛争は遠い過去の事で政治的なメッセージの立看よりもサークルの勧誘のそれの方が圧倒的に多かった。にもかかわらず当時の立教の学園祭実行員会には過激派と世間で言われていたセクトのメンバーが入っているということで、11月の学園祭シーズンには大学側がキャンパスに立ち入れないようにロックアウトし、その時期は昨年から秋休みになっていると先輩から聞いた。

学園祭が楽しみで入学したようなものなのに、なんともお間抜けな話になってしまった。3年生の先輩から「レンガ造りの本館の時計台の上から大きなスクリーンを張ってなぁ、夜に『イチゴ白書』を上映したんだよなぁ」という話をうらやましく聞くだけだった。

クラブではスポーツの実況やニュース原稿を読むというアナウンサーとしての練習はまったくせず、当時はまりにはまった小林克也さんと伊武雅刀さん、そして桑原茂一さんの「スネークマンショー」（※17）の真似事や（ウナギマンショーと言った。あぁ恥ずかしい…）クラブの仲間の脚本でラジオドラマも数多く制作した。

狭いスタジオと貧弱な機材ではあったがいつも何かを作っていた。

役者として演じることにかなり魅力を感じ、それは後にアナウンサーとなって、ラジオCMの収録などに大いに役に立つのだが、それはまだまだ先の話だ。

浮世離れした授業

大学2年の夏、アルバイトなどで親しくなった音楽サークルのノンポリの先輩がなんとか学園祭を復活させようと動き出した。

放送研究会内では自主参加となり、私は当然学祭復活の運動に参加し池袋の街を「学祭復活」などのプラカードを持って、お祭り騒ぎの平和的なデモ行進も行って一般の学生にも参加を求めて昼休みにビラ配りをした。

大学側も態度を軟化させせキャンパス内の施設を一部使用してもよいとなったが、その矢先に事態が急変した。ノンポリ学生の集団の中に、例の老舗セクトの女性活動家が巧妙に入り込んでいることが発覚した。いよいよ明日は規模は小さいながらも学園祭が復活するという昼休みのことだった。

活動家とはいえ大学に在籍しているのだから排除もできないが、しかし困った事になったという雰囲気だったが、私達はとにかく「明日から学園祭復活！」というビラを一般学生に配っていた。その時、正門前にぼろぼろの幌付きの1台のトラックが横付けされ中から鉄パイプや角材を手にしたヘルメット姿の学生がドッと降りてきた。

老舗セクトに敵対する、これまた老舗の過激派メンバーが学園祭を中止させるために池袋にやってきたのだ。

茫然としているとヘルメットの男たちは女性活動家や音楽サークルの先輩の頭を狙って鉄パイプを振り下ろしている。正門前のキャンパスは逃げ惑う学生たちで大混乱に陥り、私は近くの5号館の建物に逃げこんだ。

しばらくするとパトカーのサイレンが聞こえトラックは活動家らとともに立ち去っていった。幸い大けがを負った学生はいなかったが翌日の新聞には囲み記事でこの騒動が掲載された。

5号館に逃げこんだ私は、法学部の刑事訴訟法の教室に潜り込んだ。この騒動に関して教授がどのようなコメントをするか、法学部の学生として聴いてみたいという気持ちもあった。

しかし授業はこの騒動には一切触れずに淡々と始まった。

この浮世離れした空間に呆れ教室を抜け出し、以降大学の授業に関して一切の興味を失ってしまった。翌日、本来なら学園祭が復活するはずだったキャンパスはロックアウトされ自分たちの学校であるにもかかわらず校内に入ることは許されることはなかった。

小雨降る中なんとなくキャンパスに行き正門の前に立っていると、放送研究会の仲間が三々五々集まってきた。

この喪失感をどうすればいいのかという思いで閉ざされた正門を眺めていると、一人の先輩が「どこかへ行こう。どうせ秋休みになったんだから」と言った。自宅の車などを持ち寄って私たちは夜の東北自動車道を当てもなく走った。

このような時に何故か人は北へと向かうものなのだ。深夜のカーラジオからその年のヒット曲「青葉城恋唄」が流れてきた時は、やけになって皆で車内で大合唱した。明け方の仙台で降りて、仙台城や松島を見て回り再び夕方には東京に戻ってきた。以降、結局私の卒業後も長い間学園祭は復活することはなかったが、同じ大学に通う甥が学祭に参加した話などを聞くと隔世の感がある。

今思えば、学生運動が盛んだった時代の余熱しか知らない「三無主義世代」の私が、その時代を少し疑似体験してみたかっただけなのかもしれないとも思う。

髭面の学生レポーター

3年のある日、学生部の職員が「日本テレビがアルバイトを募集しているので、誰か行ってみないか」と部室を訪ねてきた。

放送局でバイトとは面白そうということで麹町の日テレに行ったところ、福留功男アナウンサーが司会をする、新番組のリポーターオーディションだと現場で知った。有名なタレントさんも大勢参加していて、おまけに当時ひげ面でもあった私は適当にしゃべってとっとと帰ろうと思った。

参宮橋のアパートの横の坂道はあの「麗子像」で有名な岸田劉生が大正時代に描いた「切通之写生」の舞台だったとか、童謡「春の小川」はかつての代々木八幡あたりの風景を歌い、暗渠になった小川の後をたどって行くと、NHKの横を抜けて宇田川町に出て山手線のガードを抜けて渋谷川に流れ込んでいて、高架のアーチの形が、かつては下を川が流れていたことを彷彿とさせるなど、ドキュメンタリー番組を制作する過程で調べた蘊蓄をまくし立てた。

これを面白がられたのかオーディションに受かり、「タウン5」という夕方の情報番組のレポーターを小堺一機さんらとともに、2年近く務めることになった。放送するスタジオは、朝は徳光和夫さんが「ズームイン‼朝!」を放送している日テレ1階、ガラス張りの「マイスタジオ」だった。自宅にビデオもない時代なので、自分がどのように映っているかも判らぬままに食レポや街の紹介などを担当した。

放送研究会の大先輩の徳光和夫さんにも紹介していただき、福留さんともども日テレのアナウンサーを受けろとまで言ってもらった。

ラジオの世界にあこがれを持ってはいたが、本人もその気になって後にアナウンサー試験を受けてみたところ、2次のカメラテストであっさりと落とされた。私が試験官でも中途半端にテレビに出ている学生は採用しないだろう。留年こそしなかったものの成績はひどかった。

受験が可能なのは成績を問わない一部のマスコミしかなかったという現実はあったものの、やはり高校時代の恩師の「なんかしゃべる仕事をやってみたら」という言葉は忘れられなかった。

吉田照美さん

大学生になり放研と酒を飲むこととバイトに忙しいアホ学生になったため、ラジオは日曜夜のニッポン放送、滝良子さんの「ミュージックスカイホリデー」を聴く程度になり深夜放送からは遠ざかっていた。

4年になった時に、1年後輩で卒業後NHKのアナウンサーに採用され、現在は「ラジオ深夜便」を担当している芳野潔君に、最近の面白いラジオを教えてもらったところ、文化放送アナウンサーの吉田照美さんが担当する「セイヤング！」を薦められ、聴き始めると見事に引き込まれてしまった。

4年の夏、日本テレビ「タウン5」の若手の構成作家さんが吉田照美さんと交流があると聞き、会わせてもらえることになった。

「セイ！ヤング」の本番前に文化放送を訪ね、深夜ガランとした元教会という社屋で照美さんにお会いした。のちに照美さんは対人恐怖症と赤面症を克服するために早稲田大学のアナウンス研究会に入ったことを知るが、当時そのような事情は知らない。

初対面の照美さんは束ねて閉じてあるスポーツ紙をめくりながら

「そーなんだぁ。アナウンサーになりたいんだぁ。でもやめたほうがいいと思うよ」

とこちらをあまり見ずに小さな声で話す。

「あっそうなんですかぁ」となんとなく会話が進まない。

スタッフから「見て行きなよぉ生放送！　面白いよぉ」と言ってもらい、スタジオの片隅で本番を待った。

「夜ー明けがぁ来る前に〜♪」のテーマが始まりディレクターのQをふった（合図をすること）瞬間、先ほどまで下をうつむいてボソボソしゃべる人はどこか消え、そこには猛烈なテンションでマイクに向かうラジオパーソナリティーがいた。

中央線各駅停車の車内でいきなりリスナーとともに、空のジョッキで乾杯する「乾杯おじさん」というおバカな企画が巻き起こしたカオスの状態をリスナーに叩きつけるような勢いで照美さんは語った。その捨て身の開き直りでリスナーに立ち向かう姿に圧倒されたまま、あっという間に午前3時を迎えてしまった。

「明日ちょっといろいろあるので先に失礼しまーす」と元の静かなトーンに戻り帰っていく照美さん。

語弊はあるかもしれないが「狂気」の世界に入り、そしてまた日常に戻ってくる様を目の当たりにしたと言うわけだ。

放送後に親切なスタッフがただの見学の学生を深夜の居酒屋に連れてってくれた。そして吉田照美という人がいかに魅力あるパーソナリティーかを熱心に語ってくれた。今ではもう名前も判らないのだが、あの夜にお世話になったスタッフの方々には今でも感謝している。

林美雄さん

学生時代にお会いした忘れられないもう一人のアナウンサーがいる。

ＴＢＳの故・林美雄さん（※18）だ。

大学2年から3年にかけて慶応、明治、青学、清泉、大妻などなど他大学の放送研究会との交流から生まれた集団が「放送井戸端会議」で、毎回酒を飲んでは一緒に何かやろうと企画したのが「ラジオドラマフェスティバル」だった。

関東の放送研究会から広く作品を募りコンテストをやろうという試みだ。

慶応の先輩は大企業に激しく営業をかけて大手企業の協賛を決めてくる。

私などはいい加減な話でフェスティバルの司会を担当しながらも、役者としてラジオドラマに登場し、なおかつラジオCMのコピーまで書いて仲間と掛け合いで出演もしていた。まぁ今思えば大変に手前味噌なイベントという訳だ。

審査員はTBSラジオのベテランラジオドラマディレクターと林美雄さんが快く引き受けて下さった。

深夜3時からの林さんの「パック・イン・ミュージック」は高校時代の私に「竜馬暗殺」などのATGを中心とした独立系の邦画の面白さと原田芳雄さん、松田優作さん、石川セリさん、松任谷由実さん、タモリさんという存在を教えてくれた伝説の番組だった。兄貴的な語りが受けていた当時の深夜放送の中で、いかにも正統派アナウンサー口調の林さんがパロディーニュースを読むあたりもたまらない魅力だった。

しかし林さんはフランクにしゃべることができないことに悩んでいたことを、後に柳澤健さんの労作「1974年のサマークリスマス　林美雄とパックインミュージックの時代」（集英社）を読んで知った。

そういえば放送で「缶入りピースを吸って喉をつぶしたいんですよ」とよく言っていたことを覚えている。

そのような人の前で司会をしてラジオドラマやＣＭを聴いてもらえるだけでも幸せだった。おまけに優秀な作品は林さんの「パック」で放送されるということにもなった。普通なら素人学生の作品などそう簡単に電波に乗せないだろうが、このあたりのフットワークの良さが林イズムなのだろう。

ドラマ部門では一橋大学の作品が選ばれＣＭ部門では私が作って演じた作品が選ばれた。

放送当日、深夜の赤坂に集合し午前1時からの生放送で私の声が深夜のラジオから流れる瞬間に立ち会うことができた。

林さんは我々学生にはあくまでも優しく真剣に接して下さったことが嬉しかった。だから自分が「オールナイトニッポン」を担当した際は、夏休みの時期になると「局内を見学したかったら連絡をくれ！　お茶の一杯でも御馳走するよ！」と放送で呼びかけ、上京した中高生たちと社内の喫茶店でよくお茶を飲んだ。

あの時訪ねてくれた人たちは元気にしているだろうかと思う。

さて放送終了後、深夜3時に赤坂の社屋を出た私たちは、興奮状態で街を歩き続け、四ツ谷駅の前でたむろしながら夜明けを迎えた記憶がある。なんと言っても若かったし、俺たちは何でもできるんだという気持ちに満ち溢れていた。これぞ「ザ・青春」だったのだ。

注釈

（※17）スネークマンショー
桑原茂一プロデュース。伊武雅刀、小林克也らによるシュールなコントユニット。ラジオコント「これ、なんですか?」「急いで口で吸え」などの作品は、多くの若者の人気となる。

（※18）林美雄
元・TBSアナウンサー。深夜放送「パック・イン・ミュージック」のパーソナリティー以降も、番組プロデューサーとして渡辺美里や赤坂泰彦らを発掘した。2002年逝去。

―4―

先輩の溜まり場とジャンケンマン

「他局には行きませんとも！」

夢だけでは生きてもいけず、いよいよ就職活動に入っていくことになる。当時は大学4年の10月1日が解禁日だった。

大学の就職課に行って「アナウンサー志望です」というと「まぁいつあきらめるかだねぇ」と言われた。

それでもなんとかラジオ局のアナウンサーに潜り込みたいと思ったが、1次面接2次面接と進んだのは、試験の開始がやや早かったニッポン放送とTBSだった。受験しながらTBSはスポーツアナウンサーか報道系のアナウンサーを採用したがっている雰囲気がした。

一方ニッポン放送の面接では「スポーツアナウンサーはやりたいですか」と聞かれた。普通ならば「なんでもやります」と言えばいいようなものを「いやまったくその気持ちはありません」などと答えてしまうお間抜けな学生だった。

試験が進むうちに午前中にニッポン放送で、午後からはTBSで面接という日が来た。

大学4年生頃のスナップ写真。本人もなぜサングラスをかけていたのか覚えていない。

当時の有楽町のニッポン放送は入り口の狭い古い社屋だった。また3階の第1スタジオは薄暗い喫茶店の横にあり、入ると床の絨毯がところどころ擦り切れていてつまずきそうになった。ちなみにこのスタジオでは「ダウンタウンブギウギバンド」のレコーディングや、山下達郎さんの「シュガーベイブ」のレコーディングのリハーサルなどが行われていたことを後に知る。

なんとか重役面接までこぎつけてお得意の「春の小川」のルーツの話や、六大学野球で当時は東大にも負けることがあった立教が、この年の秋の大会では最終戦で明治に勝ち、後は最後の試合で東大が法政に勝つと優勝という状況まで来たものの、東大が破れ惜しくも優勝を逃した際のドタバタぶりを聞かれるがままにしゃべった。

これでだめなら仕方ないという気持ちで面接を終えると、小さな会議室に通されてアナウンサーの責任者の菊池デスクから「この後、ＴＢＳの面接に行くなと言ったらどうしますか？」と聞かれた。

私は「まぁ行くなとおっしゃるなら行きませんけど何故ですか？」と聞くと、「君に内定を出したいと思っている」と言うではないか。

咄嗟に「あっ！　行きません！　行きませんとも！」と言った瞬間に私のニッポン放送アナウンサー人生が始まったのだった。

のちに何人かの受験生が「この後ＴＢＳに行くなと言ったらどうする？」と聞かれたそうだが、どうやら「行きませんとも！」と答えたのは私だけだったらしい事を知った。

「行きません！」といった私もおっちょこちょいだが、行くなと言って行かなかった男を採用するニッポン放送もかなりおっちょこちょいだなと思った。

今思えば各社の採用担当者同士で情報交換があり「うちはもうちょっと手堅い人間を採用したいが、そちらはどうです？」「ではうちはこのお調子者そうなのを取りますかねぇ」というような話し合いがあったのだろう。

事情はどのようなことであれ、やはり最初に声をかけてもらったことに恩義と縁を深く感じている。

高校時代の担任から「お前はしゃべることが得意そうだから、そっちの方に行けばいいんじゃなか」と教職員トイレで言われた一言が本当にそうなってしまったのだから、これはお礼を言わなければと母校を訪ね報告したところ「よかったなぁ！　でも言ったかぁ？　俺そんなこと」と言われた。

まぁだいたいそんなものなのだ。しかし目指すきっかけを作ってくれた先生には本当に感謝している。

入社式は伝統的に両親同伴で、大船からやって来た父母と当時の有楽町そごうの前で待ち合わせ入社式に向かうのはどうにも照れくさかった。

大学1年の冬から家を出たきり、ほとんど実家に帰ってこない息子はいったいどこで何をやっているのかという状態だったので、入社したラジオ局を見学してもらったことで少しは親孝行ができたのかなと思っている。

朝まで飲む

入社後、初めて担当した週一回のワイド番組「くるくるダイヤルザ・ゴリラ」はつらいだけの結果に終わった。それでも「ゴリラ」は、年の近い先輩ディレクターと知り合うきっかけになった番組である。

そして局内では「ゴリラ」の次に立ち上がる新番組は絶対に失敗が許されず、日夜企画会議やリハーサルが行われていた。

企画会議が長時間にも及ぶものだから、新番組の準備でヘトヘトの先輩たちが入れ代わり立ち代わり「ゴリラ」のスタジオに現れるようになり、いつしかそこが緊急避難所のようになっていった。場合によっては飲みにも連れて行ってもらい、様々な話をするうちに私の人となりも徐々にディレクターにも知ってもらえたのだから、何が幸いするかわからない。地味な転校生のような存在だった男にも、かわいがってくれる先輩達ができたという訳だ。

今時は流行らない方法なのだろうが、飲みに行って朝までバカッ話をして（飲みだすのは深夜なので）、その場の雰囲気を読みながら当意即妙丁丁発止のやり取りの中で自己アピールもし、先輩達の面白仕事話や失敗談を聞けたことはありがたかったし、やっとこれでニッポン放送制作部の一員になれたような気がした。

このような事を書けば、昭和のおっさんはすぐに「飲みにケーションが大事なんだよぉ、青年！」などと言うから嫌なんだよと煙たがられるのだろう。とは言え語りつくして笑いつくして店の外に出て見た有楽町の夜明けは「なかなか美しいかったぜぇ、青年！」とも言いたい。

そして今私は「上柳昌彦あさぼらけ」という番組で、その夜明けの有楽町をスタジオから眺めながらマイクに向かう毎日なのである。

炎上必至の「ジャンケンマン」

そして、いよいよ鳴り物入りで始まる新しい夜のワイド番組「ヤングパラダイス」（※19）だが、初日を数日後に控えた昼の時間に本番さながらに番組を進行する、いわゆるランスルーに呼ばれ「お前は番組では使わないけどダミーのリポーターをやってくれ。で、このピコピコハンマーで殴られて来い！　お前は『殴られマン』だ！」と外に放り出された。

今でこそ東京ミッドタウン日比谷（※20）もできて、様々な人が行き交う有楽町や日比谷界隈だが、１９８０年代は昼間はビジネスマンの街だった。そこへいきなりピコピコハンマーを持った若造が現れ「不満があったらこれで僕を殴ってください！」と仕事中のサラリーマンやＯＬさんに声をかけたところ、皆さんなぜか不満を爆発させて私を大いに殴ってくれた。

これが良かったのか悪かったのか今となってはよくわからないのだが、この中継がきっかけで私は「ジャンケンマン」として、初期の「ヤンパラ」に参加することになった。。

文化放送「吉田照美のてるてるワイド」の後塵を拝していたとはいえ、中継先の公園等に多くの中高校生が集まってくれたが、今の時代なら「そんな時間に未成年を集めるなんて！」とあっという間にネットで炎上したと思う。思えば大らかな時代だった。

番組のイベントも多く、宿直を挟んで土日は鎌倉の材木座海岸に行き、炎天下で海水浴客を相手に何百人と延々ジャンケンをし続けるという体験もし、最終的にはジャンケンが結構強くなるというわからないスキルアップにつながった。

「ジャンケンマン」が千葉のターミナル駅のホームから最終バスに一番に駆け込んでくるサラリーマンに、無理やり優勝の記念品を手渡すという企画を考えたことがある。

これも実は「オールナイトニッポン」リスナーから送ってもらった関西ローカルTV番組の「最終電車でジャンケンポン」というコーナーからヒントを得たものだった。

この番組は酔ったサラリーマン4人に最終電車が出ようかという時間にジャンケンをさせ、勝った1人だけを高級外車で家にまで送り届けるという、テレビ東京の「家、ついていってもイイですか？」の元祖みたいな番組だった。

これをそのまま真似する訳にもいかないしと思っていたら、千葉や神奈川のターミナル駅では最終バスに必死に駆け込むサラリーマンの姿が、まるで競馬の最終コーナーを周ってゴールを駆け抜ける姿のようだという話を聞いた。

ならば一番にバスに乗り込んだ人の栄誉を称えようというおせっかいな企画になった

訳だ。

この企画は2代目パーソナリティー・三宅祐司さんの「ヤングパラダイス」においてさらに大規模なものとなった。

松戸駅のホームや階段や改札に配置されたスポーツアナウンサーが、走るサラリーマンの姿を生放送で実況し、私はゴールのバスの前で一番に乗り込もうとするサラリーマンを捕まえて「優勝おめでとうございます！」といいながら賞状と記念品を渡す役だった。

当然ほとんどの場合「なんなんだあんたは！　こっちは急いでんだ！」と怒られたが、中には喜んでくれる人もいた。

ちなみに三宅さんは駅の通路に設置した放送席で総合司会という役どころだったが、ＴＶで有名になり始めた時期だったため、酔った大勢のサラリーマンに「おっ！三宅祐司じゃないか！」と取り囲まれ、急きょラジオカーに逃げ込んでの生放送となった。今思えば、よくこの無茶な企画を当時の国鉄が許可したものだと思う。今なら放送できたとしてもやはり炎上は必至だが、あの時の私に言うならば「まぁやっといてよかったんじゃないの」という感じか。

「ヤンパラ」の初代メインパーソナリティーはどうしてもお国ことばが抜けないという問題に直面していた。今ならばそれも逆手にとって、笑いに持って行くことも考えられるが、当時の制作陣にはそれを許す余裕はなかった。

「ジャンケンマン」の中継担当から、アシスタント的な立場で折あるごとにスタジオに入るようになり、中森明菜さんなど綺羅星のごとく活躍されているアイドルの方々にインタビューすることもできた。

しかし決して本名を名乗ることはなく、あくまでも「ジャンケンマン」としてであった。

初期の「ヤンパラ」には「ジャンケンマン」だけでなく「穴ほりマン」というレポーターもいて、二人でラジオカーに乗って早稲田の穴八幡宮に行き、マニアックな「穴」の面白うんちく話を次々と「穴ほりマン」から聞くというシュールな中継を担当したことがある。

「穴ほりマン」は当時早稲田大学の学生で、タモリさんの「オールナイトニッポン」のアシスタントディレクターでもあった。翌年の春から大手出版社に就職が決まったことを聞き「すごいねぇ」という話を中継帰りの車内でしたことを今でも覚えている。

そうその人こそ、後のいとうせいこうさんである。そりゃ話が面白いわけだ。なお、この本のタイトル「定年ラジオ」は、いとうせいこうさんの名著「想像ラジオ」に影響を受けている。せいこうさん、すいません。

注釈

（※19）ヤングパラダイス
1983－1990年、夜10時から放送されていた若者向け番組。高原兄のあとを受けた三宅裕司でブレイク。「恐怖のヤッちゃん」「オタク族」など、コーナーから多くの流行を生み出した。

（※20）東京ミッドタウン日比谷
2018年春にオープンした複合施設。以前は、日比谷三井ビルディング（旧三井銀行本店）と三信ビルディングという2つのビルがあった。

―5―

華やかし頃、音楽番組の日々

音楽番組を2本も!

私はラジオから流れてくる音楽を浴びるように聴いてはいたし、中学の頃には安いアコースティックギターなんぞも買い込みコードを押さえてガチャガチャ弾くことも経験した。

初めて自分の小遣いで買ったシングルレコードはサイモンとガーファンクルの「コンドルは飛んで行く」とショッキングブルーの「悲しき鉄道員」で、その後追いでビートルズやローリングストーンズのアルバムも買った。

「CCR」「スリードッグナイト」「シカゴ」など70年代のロックやポップスは今でも好きだし、吉田拓郎さん、かぐや姫、アリスは深夜放送の流れからよく聞いていた。ちなみにアイドルなら南沙織さん、麻丘めぐみさんが好きだった。

中学3年の受験の秋に麻丘めぐみさんにファンレターを書いたところ自宅にファンクラブの申込書が送られてきて、この大切な時期に何をやっているのか母親に怒られたこともある。

残念ながらバンドなどを結成して人前で演奏したという経験はなく、音楽の知識もごくごく底の浅いものだった。

だからラジオ局に入って音楽番組を担当するとは夢にも思っていなかったのだが、オールナイトニッポンを離れた後、深夜12時台に「HITACHI FAN!FUN!TODAY」と「ぽっぷん王国」という音楽番組を1986年4月から1990年まで担当することになった。

「ぽっぷん王国」はヤマハが10代のアマチュアバンドを応援する番組だ。

これらの新番組は「日立ミュージックインハイフォニック」から続く「日立ミュージックイン」と「コッキーポップ」というニッポン放送を代表する歴史ある名番組を終了させて始まった番組だ。

「コッキーポップ」のパーソナリティーは大石吾朗さん。今でこそ大石さんとは冗談で話せるが「コッキーポップ」の打ち上げパーティーで大石さんから「君かぁ！『コッキー』を終わらせる男は！」と言われたときは「いや、あの、そういうことでは…」と本当にしどろもどろになってしまった。

同じ時間帯にはにTBSラジオでは松宮一彦（※21）アナウンサーの正統派音楽番組「SURF&SNOW」が君臨していて、松宮さんとライブ会場で会うと「あのベースの音が…」とか「照明のタイミングが…」と細かくメモを取りながら聴いていて、これはとても真似できないと思った。

仕方がないので音楽が次々に紹介されるDJスタイルではなく、とにかくミュージシャンにスタジオに来てもらって、できるだけ音楽の話は聞かないで他の話題で盛り上がるという、かなり姑息な手段をやむなく選んだという訳だ。

浅野啓児さん

番組を立ち上げたのは浅野啓児さんというディレクターで、学生時代に「グリーメン」というコーラスグループで「恋したら」というスマッシュヒットも飛ばしている人だ。

オールナイトニッポンで吉田拓郎さんが休演した際に「吉田拓郎さんを偲んで」というパロディー番組を放送したところ、拓郎さんの身に何が起こったのかと問い合わせの電話がマスコミ各社から殺到し、後日この騒動が新聞にも結構大きく掲載された経験を持つ人でもあった。

音楽志向があまりにもなかった私と、元プロのミュージシャンで音楽に夢を持つロマンティストの浅野さんとは意見がぶつかったことも多々あった。

浅野さんはその後埼玉のFM局・NACK5の立ち上げに関わり、その後ニッポン放送の制作部長などを歴任したが、会社を早めに退職して自分で様々な事業を立ち上げた。

残念ながら50代で病気のため若くして亡くなられてしまったが、浅野さんを偲ぶ会にはそうそうたる方々が列席した。

黒いスーツの吉田拓郎さんは遺影の前で「俺こういう格好、まったく合わないんだよなぁ」とぼやき、タモリさんは「あなたは本当に妙な人だった」と語った。THE ALFEEの高見沢さん、坂崎さん、そして桜井さんは「浅野さん、遺影の横に飾ってあるそのオベーションのギターって坂崎のじゃない?」「あっそうだ、それ俺のギターだよ」「だめだよ浅野さん、それ返さなきゃ」と皆さん爆笑に次ぐ爆笑の送る言葉だった。

そして最後に挨拶をしたのは、遊び仲間だった高田文夫先生。

「浅野さん。私はこういう雰囲気はてんでだめだからさ、手紙を書いてきたんだよ。

でもさ、私にこう言うものを書かせるんじゃないよ」と胸元から取り出して読み始めた高田先生の浅野さんへの手紙に、司会の私は涙を止めることができず進行ができなくなってしまった。

ミュージシャンとの出会い

音楽への愛情にあふれ、また音楽関係者に非常に顔が広かった浅野さんのおかげで多くのミュージシャンに知り合うことができ、それは今でも私の大きな財産になっている。

久保田利伸さんやTHE ALFEEのお三方、桑田佳祐さん、山下達郎さん、CHAGE&ASKAのお二人、忌野清志郎さん、大友康平さん、カールスモーキー石井さん、佐野元春さん、ダイヤモンド☆ユカイさん、TMネットワークの3人、THE BLUEHEARTS、ZIGGY、ジュンスカイウォーカーズ、XJAPAN、そして辻仁成さんを始め、本当にすごい皆さんと親しく話をさせてもらった。しかも専門的な音楽の話をほとんどすることなく…。

エコーズの日比谷野音のライブに飛び入り参加を果たす（右の記事は弊社刊『月刊ラジオパラダイス』1986年11月号より）。

デビューしたばかりの久保田利伸さんとは天気予報をラップにして二人で生放送で遊んでいたら、オールナイトニッポンの生放送前のビートたけしさんが、「兄ちゃんたちはなに盛り上がってんだい」という感じでスタジオの外で見ていたこともあった。

THE ALFEEのお三方からは「うえちゃんはいつフリーになんの？」と聞かれ続けたものの「日本平のオールナイトコンサート」の生中継など忘れられない多くの仕事をさせてもらった。

桑田佳祐さんから「今度映画を撮るんだ」という計画を聞いて「出してくださいよぉ」とお願いしたら「稲村ジェー

ン」（※22）で「上柳亭」という看板まで用意していただき、乱闘が起こるラーメン屋の店主の役をもらってしまった。登戸のラーメン屋の前のガードレールに腰かけて監督の桑田さんや、若き日の寺島進さんたちとロケ弁を食べたことが懐かしい。

忌野清志郎さんは当時カメラに凝っていたので、深夜の有楽町界隈を二人で撮影しながらの生放送を行った。

清志郎さんは本当に撮影に夢中になってしまい、何を聴いても「うむ」「うーむ」しか言ってもらえなかったが、飛び跳ねるようにガード下を走り回る清志郎さんの姿は本当にカッコよかった。

カールスモーキー石井さんと佐野元春さんには「スネークマンショー」的ラジオドラマ「ウナギマンショー」に役者として出演してもらった。

佐野さんは事前に台本読み込みたいということで、慌てて私とその後日本テレビに転職したディレクターのT君とで台本を書いた。

カールスモーキー石井さんには即興で「ウナギマンショー」のテーマ曲を作ってもらった。

ブルーハーツの甲本ヒロトさんは腹が減ったからと食べかけのアンパンを持ってス

タジオにやってきて、出番が終わるとアンパンをスタジオに置いて帰ってしまい、すぐに恐縮しながら取りに帰ってきたことをなぜか覚えている。

同世代だったTMネットワークの福岡公演に生放送もかねて同行した。

3人とも博多のうまいものには一切興味を示さず、打ち上げは巨大なディスコのVIPルームでチャーハンと焼きそばで十分満足していて、私の博多の夜はどこへ…と思ったことも懐かしい。

3人が「笑っていいとも！」の「テレフォンショッキング」に登場した際、芸能界に友達がいないという理由でなんと私を指名したこともある。

当時の私はタモリさんの番組のADの仕事もしていたので「あんたディレクターじゃないの？」と言われながらの出演だった。

お友達はダイヤモンド☆ユカイさんを紹介したが、翌日スタジオ中バラの花で埋め尽くされた中で登場したのには驚いた。

あの頃から、ユカイさんはかっこいいロックミュージシャンだけどなんか面白い人だと思っていたが、こんなにバラエティーに出る人になるとは想像できなかった。

久保田利伸さんのバンドと一緒にお茶の水女子大の学園祭に社員バンドのボーカル

として登場したり、エコーズの演奏で雨の日比谷野外音楽堂で辻仁成さんが作ってくれたオリジナル曲を二人で歌ったりもした。

80年代後半にはニッポン放送の主催のコンサートの多くが、私の番組がきっかけになっていたこともありそれなりに会社に貢献しているのでは、とちょっといい気になっていた時代だった。

注釈

（※21）松宮一彦
元・TBSアナウンサー。テレビ「ザ・ベストテン」の中継レポーター（追っかけマン）や、ラジオ「サーフ&スノウ」のDJなど、音楽番組で活躍。自身を「スーパーDJ」と名乗った。1999年逝去。

（※22）稲村ジェーン
1990年公開。サザンオールスターズの桑田佳祐初の監督作品として話題に。サントラには名曲「希望の轍」も収録されている。

―6―

仕事のない日々
タモリさんとの出会い

ON AIR

レギュラー番組なし！

「ＦＡＮ！ＦＵＮ！」と「ぽっぷん王国」を担当していた時分、世はバブル時代の真ん中だった。しかし三宅裕司さんのテレビ番組「いかすバンド天国」（※23）からは次々に新しいバンドがデビューして「あれ?ちょっとついて行けないかな」と思った矢先に、突如という感じで夜の音楽番組が終了した。

１９９０年の春のことだった。

次の日から私は、レギュラー番組のまったくない32歳のアナウンサーになってしまった。

昨日まで、ライブに行って打ち上げに出て番組にゲストに来てもらい、イベントで中野サンプラザホールなどで司会をしてという日々から一転して、仕事は週１回の宿直で読むプロ野球中継の５回の裏のニュースだけとなってしまった。

朝出社しても一日何も仕事がないので、映画を観たり上野の博物館や美術館巡りをするしかなかった。

早朝の上野公園を歩いていると、何だかリストラにあってしまった男が家族にも言えずに公園で時間をつぶしているようで、これはもう本当にお間抜けな顔をして深いため息をつくしかなかった。年代の近い仕事仲間達にとっては、忙しいながらも仕事が乗ってきたという時期でもあり、なんだかなぁという思いで過ごしていた。

好景気の中、ニッポン放送主催や後援というコンサートも連日行われ「あのミュージシャンもこのバンドも、最初はオレの番組に来てくれて仲が良くなって、ニッポン放送との関係性が出来たのだよなぁ。なのになぁ……」と相当にいじけていた時期だった。

連日ミュージシャンにインタビューしていた毎日だったが、90年から数年間はエアポケットのように音楽関係の人々から遠ざかるどころか、番組で曲紹介をする機会もなくなった。90年代初頭の音楽は当時全盛だったカラオケボックスではよく歌ったけれど、本人には会う機会もないまま今に至っているミュージシャンも多い。

桑田佳祐監督の映画「稲村ジェーン」に出番を作ってもらったにもかかわらず、私にはもはや映画を紹介できる自分の番組がなかった。

今日から映画が公開というニュースを聴きながら、申し訳ないやら情けないやらでほとほと自分が嫌になったものだ。そんな中、他局のラジオプロデューサーから食事の誘いを受けたことがある。知ってはいた人なのでお疲れ様の意味合いだと思いノコノコ出かけて行き、飲みながら話が盛り上がってくると「うちでレギュラーの帯をやってもらえませんか」といきなりの展開になった。

非常に魅力的な時間帯だったが、結局は「えっ！いやいやそれは」と断った。このあたりの決断がやはり昭和のサラリーマン的意識を持った男という事なのだろう。

今でいうヘッドハンティングを経験したわけだが、あの時話を受けていたらどうなっていたのだろうとふと思うこともある。

タモリさん

うすらぼんやりとお間抜けで暇な時間を過ごしているうちに、季節はもう夏になっていた。

ある日、春から始まったタモリさんの番組に参加するように言われた。

１９９０年春から始まった土曜日午前（のちに午後に移動）の「タモリの週刊ダイナマイク」は、夕方の名番組「だんとつタモリおもしろ大放送！」以来の名コンビ、元ニッポン放送アナウンサーの堂尾弘子（※24）さんがアシスタント。先輩・くり万太郎さんが「大人の疑問」コーナーのプレゼンテーターとして登場していた。

人数の少ない今のアナウンス室なら考えられないことだが、くり万さんが管理職になるにあたり、現場から離れることになって私に出番が回ってきた訳だ。


タモリさんは私が入社した次の年、1982年からフジテレビで「笑っていいとも！」が始まり、プロ野球オフシーズンの夕方6時からは「だんとつタモリ」がニッポン放送で、さらに水曜深夜には「オールナイトニッポン」があり、それ以外にもテレビのレギュラー番組を数多く抱えていた。

だからタモリさんが「だんとつタモリ」の前後に、スタジオ前のソファーでキャップを顔に乗せて、つかの間の睡眠をとっている光景をよく見かけたものだ。

名古屋を揶揄するネタでタモリさんの「オールナイトニッポン」が毎週盛り上がっていた1981年の9月30日深夜、1988年のオリンピック開催地はソウルに決まった。

街を上げて招致活動を行って、ソウルと競ってきた名古屋は、残念ながらその夢をかなえることは出来なかった。

各マスコミはタモリさんが発表から1時間後の「オールナイトニッポン」でどのように発言するかに注目し、深夜のニッポン放送玄関に記者が多数詰めかけた。

宿直で社内にいた私は、スタジオの入口でその模様を見ていた。

放送が始まるとタモリさんは気負うこともなく「別に名古屋に恨みがあるわけではない」「一芸人の冗談なんだよ」「ソウルに決まったのはちょっと悔しいきもする」「名古屋に決まって『タモリのバカが!』と言ってもらった方がよかった」「まぁ敗因は招致委員の接待の仕方が韓国の方がよかったかなぁ」「一番がっかりしているのは名古屋の財界人だろう」「名古屋に決まっていれば後7年間は名古屋ネタで遊べたのに」「まぁ名古屋にとっても私にとっても不幸な夜だった」というようなことをギャグを交えて、メモも見るわけでもなく淡々と語った。

新人アナウンサーの私はこのクールな対応にしびれまくったものだ。

ほとんど無名のタモリさんを世に送り出し、1976年から1983年まで数々の話題を発信した「タモリのオールナイトニッポン」の最終回の夜。またしても宿直だった私はこの時もスタジオの入り口で(スタジオの中に入れるような立場ではない）、最後にタモリさんは何を語るのだろうとその瞬間を待っていた。

エンディングテーマ曲のマイルス・デイビス「ラウンドミッドナイト」が流れる中、しばしの沈黙の後にタモリさんはこう語ってリスナーに別れを告げた。

「なんの感慨もない…」

えっ！　それで終わり！と膝がカクッとなった。

そして打ち上げもなくタモリさんは私の前をスーッと通り過ぎエレベーターに向かって去っていった。私はお間抜けな顔でただただ見送ることしか出来なかった。

そんなタモリさんと共演ができることは光栄であり、またラジオのタモリさんのトークを毎週近くで聴けることが楽しみで仕方がなかった。

妄想、屁理屈、雑学…タモリさんとのバトル

しかしことはそんなハートフルな展開にはなるはずもなかった。

「大人の疑問」は、土曜日の午後に時間が変わってからは「昼下がりの疑問」となったが、タモリさんの前でリスナーから寄せられた様々な疑問の答えを、取材をもとに

プレゼンするという役どころはそのまま引き継がれた。

「電車の車内アナウンスはどうして似たような鼻にかかった口調なのか」「缶ビールなどの飲み口の口径はなぜ下の部分より小さいのか」「アルミホイルの裏側はなぜつや消しなのか」など様々な疑問に対し、専門家を訪ねて取材をし、スタジオでクイズ形式でタモリさんに正解を答えてもらうという流れだ。

しかしタモリさんはご存知のように博覧強記の人である。また知らなくともこじつけに妄想、屁理屈に雑学を駆使して私を論破しようと手ぐすね引いて毎週待ち構え、挙句の果てには取材に答えた専門家に対して「あいつは昔っからいい加減なことばっかりほざいているんだよ」などとんでもないことを言い出す始末だった。

私は毎週汗だくになって「あーたは何を言っているんだ！」などと、相手がタモリさんであることを忘れて食ってかかっての必死の防戦、説明、弁解を繰り返すのが常だった。

しかしながら堂尾さんと放送作家の橋克弘さんの絶妙の合いの手とチャチャで、タモリさんはますます暴走して行くのだった。リスナーにも大いに楽しんでいただいたようで、今でもネットには多くの音声が残されている。

今回この項を書くためにいけないとは思いつつ聴いてみたところ、タモリさんとの掛け合いに自分で腹を抱えて笑ってしまったから世話がない。「スズムシの餌を人間は食べることはできるか」とか「パンダの着ぐるみを着て駅の改札を通ることはできるか」など、いったいどこが疑問なんだという回ももう一度聴いてみたいものだ。

伝説の言葉はラジオで生まれた

番組でプレゼントするノベルティグッズに扇子があった。

そこでタモリさんに一筆お願いしたところ、さらさらと書いた文字は「流す」だった。それではあまりにもいい加減ではないかとなりもう一言お願いしたところ書かれた文字は「流される」だった。

また新年第一回の放送でシャレで、スタジオ内にスタッフが並び、私が「ではタモリさんから新年のお言葉をいただきます」とお願いすると「やる気のあるやつは去れ！」と一言。

これはその後タモリさんの伝説の言葉として、様々なところで語られてゆくことになる。

番組の宴会ではトイレに立ったタモリさんが、芸能界の大御所といってもいいポジションにいるにも関わらず、全身にトイレットペーパーをグルグル巻き付け「透明人間！」といってトイレから出てきた来たこともあった。

「週刊ダイナマイク」の収録は、毎週金曜「笑っていいとも！」終わりで行われた。

タモリさんは午後2時に有楽町のスタジオに到着すると、スタッフと談笑しながらお弁当をしっかり食べ、食べ終わったところで「じゃ、お疲れさん」と言って帰ろうとするのを「いやいや、これからです」とスタジオに入ってもらうというのが毎週恒例の儀式だった。

そしてスタジオの外で話していた時とまったく同じトーンでフリートークを始めるのだった。

マイクの前ではテンションを上げたりはしゃいだりというのが私たちの性なのだが、タモリさんにはまったくそのようなことはない。普段と同じように淡々と、しかもとんでもなく面白い話を始めるのがたまらない魅力だった。

私の役目は、背もたれに背を預けながらリラックスして話すタモリさんの姿勢を前のめりにさせ、ムキになってもらうことだったので、そのためなら鈴虫の餌でもなんでも来いという気持ちだった。

「ヨッ！お疲れさん！」

ご陽気にタモリさんとの掛け合いを楽しみつつ相当に影響を受けながら、１９９８年の秋まで番組をご一緒した。

一方で１９９４年から９８年の春までの、プロ野球ナイターのない時期の夕方から夜にかけて「上柳昌彦の花の係長ヨッ！お疲れさん」などの「お疲れさん」シリーズがスタートした。

事務所に戻る営業車の中で聴いているサラリーマン、開店までのスナックや仕込みが終わってお客さんを待つばかりの飲食店関係者、旦那の帰りを待つ奥さんなど初めて働く大人をしっかりイメージしながらしゃべることができた番組で、今でも「お疲れさん」を聴いていたと言われると昔の同志に会えたような気持ちになる。

「お疲れさん」シリーズの頃。有楽町のガード下にて（1996年秋）。

夜9時前の番組のエンディングは、外からの放送だった。

有楽町駅のガード近くから三島行きの「こだま」を見送りながらの年、あるいはニュートーキョー前の、地下鉄銀座駅の入り口前の新聞スタンドの前からの年など、毎日定点観測のように番組のエンディングを放送した。

番組終了の3月が近づいてくると、出張中のサラリーマンや就職が決まった学生さん、ご夫婦で初めて銀ブラをしたご夫婦など多くのリスナーが集まった。毎日「こだま」を見送っていた年の最終回は、中継場所でなく、わざわざその列車に乗って私に手を振ったリスナーもいた。多分、新横浜駅で降りて、また東京駅に戻ったのだろう。この頃、東海道新幹線の品川駅はまだ開業していなかった。

このエンディングは外からという発想は、当然「突然ガバチョ!」からきている。

あの時の仕事仲間達は、営業局長になったり、会社を立ち上げてベテラン放送作家になったり、あるいは転職して不動産コンサルタント業に就くなど様々な人生を歩んでいるが、彼ら彼女たちのおかげでとにかく面白いことをやろうという熱気にだけはあふれた番組に参加できたことに心から感謝している。

伊集院光さんとの会話「もうひとりの自分」

80年代後半に突如あらわれ、90年代にかけてニッポン放送の夜を盛り上げたパーソナリティーがいる。伊集院光さんだ。

「激突!あごはずしショー」という、若手芸人さんのネタ見せ番組があり、この番組からタキシード姿の「オペラの怪人」として世に出てきたのが伊集院さんだ。番組スタッフは私の深夜の音楽番組担当ディレクターでもあったので、彼が本当は三遊亭楽太郎さん（今の三遊亭円楽さん）のお弟子さんであることは聞いていた。

1988年から伊集院さんは水曜日深夜のオールナイトニッポン2部を担当し、架空のアイドル「芳賀ゆい」を誕生させるなどヒット企画を連発した。

伊集院さんと同時にオールナイトニッポン1部の担当になったのは筋肉少女帯の大槻ケンヂさんで、何をどう思ったのか大槻さんは2時間絶叫するという放送スタイルをとっていた。

伊集院さんは深夜3時からの放送であるにもかかわらず、毎週水曜日の昼頃にはニッポン放送にやって来て、当時のレコード室などでハガキの下読みなどをしながら、周囲の誰彼となくしゃべり続けていた姿が印象的で、本番前に何回もオールナイトニッポンをやってるなぁこの人はと思った記憶がある。

ちなみに私は午前零時から生放送を担当していたので、上柳、大槻、伊集院の流れは「バカばっかの水曜日」と当時言われていた。

今も伊集院さんと会うと、必ずその頃の話になり「あの時、上柳さんと話していたら『本番中、調子のいい時はマイクに向かっている自分の姿を、もう一人の自分が上から見ていることがあるんだよぉ』と言われたことを覚えています」と言われる。

そのたびに、そんなカッコいいことを伊集院さんに言った覚えはないと必ず否定するのもお約束になっている。

しかし一方でもしかしたらそんなことを言ったかもしれないという自分もいる。おそらく誰かの受け売りなのだろうが、当時のスタジオでしゃべっている自分を俯瞰して見ている映像がフッと脳裏をよぎったことも確かなのだ。

後に元ヤクルトスワローズの古田敦也さんが「もう一人の自分が、肩の後ろ辺りから見ている」と言い、大リーガーのイチロー選手が「自分の斜め上にはもう一人の自分がいて、その目で自分がしっかりと地に足がついているかどうかをちゃんと見ていなければならない」という趣旨のことを述べていることを知った。

このことを鶴瓶さんに話した時に「うえちゃん、それは世阿弥の言葉にあるでぇ」と教えてもらった。

役者は舞台の上の自分の姿を見ることは出来ない。だからこそ客観的に観客席からの目で自分を観ることが大切だと説く「離見の離」という言葉だ。

興奮したり緊張したり、また調子よく飛ばし気味な時こそ、もう一人の自分が客観的に己をコントロールして、リスナーの皆さんにはどう伝わっているかを考え、より適切な伝え方はないかを考えることを「マイクに向かう自分を上から見ている」と表現したのだろう。

最近では上の方から見下ろしている自分は「やれやれ、もうちょっとなんとかならんもんかね」とか「それはさぁ、前も言ったよねぇ」と思っていることの方が多いような気もする。

ここは一つ踏ん張って、60年モノの私の脳のためにも「心は熱く、頭は冷静に」行かなければならないと思う。「凄いなぁ！」「感動するなぁ！」と心を震わせることこそ、脳が活発に活動することを多くの脳科学者も説いているではないか。

と書いたが、もう一人の自分に「またまた、お前さんカッコつけんじゃないよ」と言われそうな気もする。

注釈

（※23）いかすバンド天国
TBSテレビ「平成名物TV」のメイン企画。平成初期のバンドブームの発信源となった。

（※24）堂尾弘子
元・ニッポン放送アナウンサー。長年、タモリ出演の番組で相方を務めた。その後、埼玉のラジオ局、NACK5などで活躍。

—7—

荒馬に乗って、
見たことのない景色を

「テリー伊藤さんと番組をやってほしい」

夜中の音楽番組を担当していた時代、１９８０年代後半の話だ。

毎週木曜日、深夜のスタジオの外は大勢の人でごった返していた。

この時間なら「オールナイトニッポン」の生放送のためにやって来る（後半にはそうもいかなくなったが）ビートたけしさんに必ず会えるということでテレビ各局のスタッフが大挙してニッポン放送を訪れていた。

これはとんねるずのお二人など、社会現象を巻き起こした方々の放送前には必ず見られる深夜の光景だった。

なかでも異様だったのはロビーのソファーにどっかと座った本番前のたけしさんに、前のめりになって難しい顔をして何やら話しかけている坊主頭にサングラスの男性の周りを、ぐるりとスタッフらしき人たちが取り囲み、二人の会話にじっと耳を傾けている光景だった。

ピリピリした空気が流れ、脇を通ってその先にあるトイレにも行けない雰囲気で、私たち部外者は関わり合いにならないよう遠巻きにチラチラ見るしかなかったし、こんな怖そうな坊主頭にサングラスの人とは、決してかかわってはいけないと固く心に誓ったものだ。

後にその坊主頭にサングラスの男は「天才・たけしの元気が出るテレビ!!」(日本テレビ)の総合演出を手掛ける制作会社の伊藤輝夫という人であることを知った。そう、後のテリー伊藤さんである。

あの時テリーさんは「元気が出るテレビ」のコーナー企画案をたけしさんに必死に説明していたと後で聞いた。たけしさんが「それはいまいちだなぁ」と言った瞬間に、スタジオのセットは作り直しロケの段取りはぶっとび弁当は無駄になって番組予算もどんどんオーバーするという事になる。

日曜夜のゴールデンタイムを担当するプレッシャーの中、賢明に考え抜いたアイディアをなんとしても通さなければならない真剣勝負の場であったという訳だ。木曜深夜のスタジオ前のピリピリ感にはそのような訳があったのだ。

それから10年以上の時を経て、私とテリーさんはニッポン放送の午後の番組で忘れがたい濃密な時間を過ごすことになる。

それが1998年の春から始まった「テリーとうえちゃんのってけラジオ」だった。1997年3月に、台場のフジテレビの社屋の上層階に社屋を移転したニッポン放送だったが、その年の暮れに台場のホテルのコーヒーラウンジに制作部長に呼び出しされた。

経験上こういった時には番組の終了を告げられるなど、いい話はほとんどない。

当時の制作部長は「FAN!FUN!TODAY」を立ち上げた浅野さんだった。

「うえさぁ、新番組の話なんだけどね、テリー伊藤さんと組んでやって欲しいんだよ」

飲んでいたコーヒーがダーッと口から流れ落ちそうになるのを押しとどめながら

「こりゃまた、思い切ったご提案ですねぇ」というのが精いっぱいだった。

「のってけテリー！渚の青春花吹雪」というテリーさんの午後のワイド番組が始まって1年という時期だった。

当時40代後半のテリーさんの過激な発言や行動を「なんだか大変そうな人だなぁ」と傍観者として見ているだけだったし、思い出すのはとにかくたけしさんの「オールナイトニッポン」の前に現れる坊主頭にサングラスの怖い人ということだけだった。

浅野さんはさらに「うえはアシスタントじゃなくてテリーさんと対等の関係でやっ

て欲しいんだよなぁ」と言われてしまったからさぁ困った。

このような状況で「テリーとうえちゃんのってけラジオ」が始まったが、数回でテリーさんと対等の存在になれる訳がないことがすぐわかった。

夕方に放送が終わると、3時間まさに吠え続けるテリーさんの唾を全身に浴びた男が、スタジオ内のソファーに座り込み台場の夕日に包まれて真っ白い灰となっている姿が毎日のように見られたという。

大瀧詠一さんの言葉

「のってけ」の担当になったある日、後輩のスポーツ部のディレクターの結婚式の二次会に少し遅れて出席した。急ぎ足で会場内に入ろうとすると、入り口の横に椅子を出して一人で座っている髪の長い中年の男性が座っている姿が目に入った。

なぜこんなところにと思いながら、なんとなく会釈をして通り過ぎたその瞬間「あっ!」と声が出そうになった。その男性が大瀧詠一(※25)さんであることに気づいたからである。

後追いで聴いた「はっぴいえんど」のアルバムや、アナウンサー研修の帰りに新宿の紀伊国屋書店のレコード店で予約して購入した「A LONG VACATION」の、あの大瀧さんがポツンと一人で腰かけていた。

ニッポン放送の野球中継「ショウアップナイター」のゲストなどで、野球通だった大瀧さんに大変に世話になった若手ディレクターの披露宴の二次会に出席をしてみたものの、さてどうしたものかということだったのだろうか。

大瀧さんは大のラジオマニアで、ニッポン放送にも懇意にしているスタッフも多く、世の中に広まり始めたEメールで番組の感想などについてやり取りをしている人もいることは知っていた。

当時私は大瀧さんとはまったく面識はなく、ただただ日本の音楽業界の大物の方という存在でしかなかった。

しかし、ここはやはりちゃんとご挨拶をしておこうと入り口に戻り「大瀧さんでいらっしゃいますね。突然お声がけをして申し訳ありません。私はニッポン放送でアナウンサーをしております、上柳という者です」と名乗り出た。

この時の大瀧さんの第一声を今でも鮮明に覚えている。

「あぁ、うえちゃんはさぁ、テリーさんという荒馬の背中に乗っていけばいいんだよ」と突然こう言った。

大瀧さんは私のことを認識していた。さらにテリーさんとの番組も聴いていることもわかりさらに舞い上がった。

関東のすべてのラジオ局の放送を24時間毎日録音して聴いているという伝説のあった大瀧さんだったが、このアドバイスには驚いた。

つまり「テリーVS上柳」という構図の中で番組を進行する力も知識も知恵もなく、毎日悪戦苦闘している私の悩みを見抜いた大瀧さんのアドバイスは、私の胸にストンと落ちる見事なものだった。

テリーさんの過激で荒唐無稽で突拍子もない発言の数々には、テリーさん流の演出や計算があった。

それまでは私の中の小さな常識で「いやぁ、それはどうでしょう」と止めていただけの私は、大瀧さんのアドバイス通りにテリーさんの背中に乗ることに決めた。

テリーさんの発する言葉に「いいですねぇ！　その通りですよ！　それやっちゃいましょう！」とどんどん乗っていくわけだ。

単なる「ヨイショ」と違うのは、こちらもそのことで巻き起こる混乱？ 騒動？ いやなんだかわからない混沌とした世界に、共に行こうと覚悟を決めた上での発言でもあったのだ。

それはまるでファミリーカーのハンドルしか握ったことがなかった男が、いきなりF1の助手席（ないけれど）に乗って公道を突っ走っていく感覚だった。

「この渋滞情報、俺たちのこと？」提灯パレード

テリーさんの背中に乗っかって行った中でも最大の出来事は「祝！ジャイアンツ日本一提灯パレード」（※26）だった。

ご存知のように大のジャイアンツファン「長嶋茂雄さん命」のテリーさんは、日頃から「ジャイアンツが優勝したら東京ドーム23番ゲートに集合して田園調布のミスターの自宅までファンとともに提灯行列をして、鏡開きをする！」と公言していた。

そして2000年のシーズン。キャンプインから背番号3のユニフォームをいつ披露するかで話題になったシーズンに、長嶋監督はリーグ優勝を果たし、そして王貞治

監督率いるダイエーホークスとの日本シリーズに臨んだ。

と、書いているだけでこの年のテリーさんの興奮状態が分かろうかというものだ(ちなみに私はスワローズファン)。

長嶋ジャイアンツか王ダイエーホークスかで世の中が盛り上がっている中、テリーさんは金曜日の放送後、福岡で日本シリーズを観戦するために、お台場のニッポン放送である人と待ち合わせをしていた。

久米宏さんである。

久米さんはセ・リーグはカープ、パ・リーグはホークスを応援していて、二人でそれぞれを応援に行こうという「ニュースステーション」の企画があったのではないかと記憶している。

久米さんの事務所からは事前に、テレビ朝日との契約があるのでニッポン放送の番組には出演できませんからと念を押されていた。

しかし一方はテリーさんである。かたや久米さんである。常識というものが通用するはずがないのである。

「のってけラジオ」終了直前、スタジオの外に到着した久米さんを見つけたテリーさんが「おっ！　外に久米さんが！」と言い終わる前に久米さんがバッとスタジオの中に飛び込んで来て「やぁやぁテリーさん！早く福岡に行きましょうよ！」とマイクに向かって猛然と話し始める。

テリーさんも私も、自分たちが久米さんをスタジオに呼び込んだわけではないということで、あっけにとられる事務所のスタッフをよそに大変に豪華なエンディングとなった。

そしてこの年に長嶋ジャイアンツは見事日本一になり、テリーさんは連日「提灯行列だぁ！　ミスターと鏡割りだぁ！」と吠える、叫ぶ、唸るという状況。腹を決めた私もスタッフもニッポン放送もそれに乗っかろうということになった。

しかし短い時間にクリアしなければならない問題は山のようにあった。本当に東京ドームから田園調布まで歩くのか。参加は自由なのか。道路使用許可はおりるのか。そもそも長嶋監督にお会いできるのか。そしてこれらのことを球団は許すのか。

いち番組で対応できるものではない。こうなった時に毎年全社を挙げて取り組む24時間のチャリティー番組「目の不自由な方に音の出る信号機を！『ラジオチャリティーミュージックソン』（※27）」の経験が生きたと思う。

編成、営業、事業、報道、技術、そしてスポーツ部がテリーさんの夢を何とかかなえるべく知恵を出し合ったのだ。

結局、1000人の番組リスナーを事前に募集し、駒沢オリンピック公園に集合してもらいそこで提灯をまず配布する。

午後1時の番組開始と同時に公園をスタートし、駒沢通りから環状八号線を九品仏駅と尾山台駅の間で抜け、多摩堤通りから多摩川河川敷まで1000人の提灯行列を行う。

河川敷に設置された簡易ステージには酒樽が置いてありエンディングの4時前に鏡割りをする、という計画を立てた。

この行列は警察的にはデモ行進ということになり、警察車両と多くの警官が同行して歩くことになった。

11月6日午後1時、いよいよ番組が始まった。テリーさんが先頭で大はしゃぎをしながらスタートする。私は列の後ろの方からレポートをしながら番組を進行した。

番組の合間の交通情報では「環八通りから多摩堤通りにかけて、デモ行進のため渋滞が発生しています」と伝えている。

「これってこの行列じゃん！」自分たちの番組が渋滞の原因になるという貴重な体験をした。

長い渋滞の列が続く反対車線の車に向かってテリーさんが「ありがとう！長嶋ジャイアンツ日本一！」と叫んでいる。渋滞中のドライバーさんたちは皆さんゲラゲラ笑っている。

同行している警察官もみんな笑顔だった。

そして夕暮れ近づく、多摩川河川敷に到着しいよいよ鏡割りという時に、多摩堤通りから1台の高級車が河川敷にゆっくりと降りて来た。

その車から降りてきたのは、そう、長嶋茂雄監督だったのだ。

監督の登場は、参加の皆さんにとってはサプライズだった。

ステージにミスターが登場すると、興奮は頂点に達した。

テリーさんはもう溢れる涙を抑えることができない。

思えばこのとんでもない企画も、今なら警官を導入して税金の無駄遣いだ！とか渋滞させておいてなんだ！など苦情が来るかもしれない。

でも、みんながミスターが大好きで、テリー伊藤の夢なのだからと許してもらえ、そして番組予算にも余裕があった時代の企画だったのだろう。

ちなみにこの時の二代目のチーフディレクターは、ニッポン放送の局長という重責を担いつつ宝島社文庫から「スマホを落としただけなのに」という大変に面白いミステリーを志駕晃というペンネームで書き、第15回「このミステリーがすごい」大賞の隠し玉として大いに話題となり、北川景子さん主演で映画化も決定したという才能の持ち主だ。

番組の最後はミスターとテリーさんが鏡割りをし、1000人の乾杯とともに無事に番組はエンディングを迎えた。あの時の、夕日の中で満面の笑みを浮かべる長嶋監督のブラウンの瞳とテリーさんの涙を今でも忘れることはない。

石垣島からの中継

「のってけラジオ」にはまだまだ忘れられないことがあってこのすったもんだも忘れ難い思い出だ。

予算があったのか景気がよかったのか、石垣島を紹介をする目的でテリーさんと私が放送当日に朝一番の羽田発の飛行機で石垣島に乗り込み「のってけラジオ」の生放送をお送りすることになった。

私はかつて個人的に石垣島、竹富島、西表島、波照間島を巡った経験があるので日帰りの強行日程とはいえ楽しみでならなかった。

一方垣花正アナウンサーなど番組スタッフは前日に石垣島入りしていて「ホテルのプールで泳ぎましたよン！お待ちしてまぁす！」という連絡を、搭乗直前に携帯電話で受け「おっ！いいねぇ！　すぐに追っかけるよン！」などとのんきなやり取りを交わしていたのだった。

その時「石垣島周辺の天候によっては着陸できない可能性もあります」などというアナウンスが流れてきてはいたが、「まさかねぇ、テリーさん大丈夫ですよねぇ」とまったく気にすることもなく機上の人となった。

そして石垣島上空でそのまさかが起こってしまうから世の中なめてはいけない。機長が落ち着いた口調で「石垣空港は現在視界不良です。雲の切れ間が確認され次第、着陸を試みます」というアナウンスが流れ、しばらく旋回をした後に着陸体制に入り窓の外には石垣空港と島の緑が見えてきた。

「よかった！　着けるぞ！」と思った瞬間にジェットエンジンが吹かされるゴーっという音とともに機体は急角度で上昇を始めるではないか。

「えっ！　滑走路が見えてたじゃないか！」という思いとは裏腹に「当機は石垣空港への着陸を試みましたが、視界が確保できなかったため、宮古島空港に向かいます」と機長からの非情なアナウンスが流れた。

驚いたのはテリーさんと私だけではなく、石垣空港で出迎えていた先発隊の面々だ。雲間から現れた出演者を乗せたジェット機が、再び雲の中に消え去っていく姿をただただ見送るのみだったという。

機内にいるテリーさんと私にはどうすることも出来なかったが、ここからが東京と石垣島のスタッフのフットワークがすごかった。

行先変更になった宮古島と言えば垣花正アナウンサーの故郷で、今は沖縄本島に移り住んでいるご両親も当時はまだ宮古島に住んでいた。

そこでスタッフはご両親に連絡を取り、父上とたまたま帰省していた弟さんが車で宮古島空港まで我々を迎えに行くという算段をつけ、いったいどうすればいいのかという感じで降り立った私たちを熱烈歓迎して下さったのだった。

とりあえずは「お腹がすいたでしょう」という事で宮古そばのおいしい店に案内されたものの、私はもう生放送はどうなるのかと気が気ではなかった。

一方テリーさんといえば、ジャイアンツが勝った翌日のスポーツ新聞を宮古そばをすすりながら熟読していて「この状況でもジャイアンツなのか！　さすが修羅場をかいくぐってきた人は違う！」と感心したものだが、もしかしたら本当にジャイアンツにしか関心がなかった可能性も十分にある。

そうこうするうちに、なんと宮古島から週一回生放送をしている琉球放送のラジオスタジオがあることが判明し、そばを食べ終わってそのスタジオに飛び込み、技術的な問題を解決してマイクの前に座ったのは本番数分前だった。

結局、石垣島と宮古島からの二元中継という大変に豪華な「のってけラジオ」の生放送となった。

放送終了後には垣花アナウンサーのご実家にお邪魔し、石垣島からは垣花さんもやって来て、宮古島のおいしい食事とお酒までいただいてしまった。

開け放たれた窓から吹く風は心地よく、また鴨居の上にはカッキーが学生時代に受賞した表彰状の数々がずらりと飾られていて、彼は本当にご両親から大切に育てられた息子さんなのだと感心したものだった。

そして部屋にゆったりと流れる宮古島の時の流れを満喫して最終便で羽田に戻ったのだった。

このように突発的なトラブル、アクシデントという予定調和が崩れ去った時こそ作り手の力量がためされ、ならばその状況を逆手に取って面白がることこそ生放送の醍醐味なんだよなぁという典型の生放送になった訳だ。

もちろんプロとしてつつがなく放送をお送りすることが聴取者にとっても番組を提供してくださるスポンサーにとっても大切な事は重々承知ではあるが、すべてが事前に考えた通りに進行していく番組ばかりではどうもなぁとどうしても思ってしまう。

「破綻⁉ トラブル⁉ 面白いじゃねぇかぁ、どんと来いや！」という瞬間がどこかで来ないかと密かに思いつつマイクに向かう私ではある。

しかし無駄に重ねた経験値が、それを事前に回避しようと私の脳内のアラームがビービーと鳴り渡ってしまう今日この頃でもあるが。

注釈

（※25）大瀧詠一
ミュージシャン、音楽プロデューサー、アレンジャー。そしてラジオＤＪ。自身の番組「ゴー！ゴー！ナイアガラ」は、選曲、収録、編集までのすべてを、自宅スタジオで行っていた。

（※26）祝！ジャイアンツ日本一提灯パレード
左の記事のように新聞でも取り上げられた。

テリー伊藤さんがファン1000人と提灯行列

○…テリー伊藤さんが巨人日本一を祝って、1000人のファンを引き連れて"提灯（ちょうちん）行列"を行った。ニッポン放送の「テリーとうえちゃんのってけラジオ 祝！ジャイアンツ優勝提灯行列」で企画されたイベントで、駒沢公園から玉川公園まで約8キロのコースを行進。ゴールには長嶋監督が待ち受けていた。ミスターは「平日なのにこれだけファンの方々が集まって下さった。皆さんの温かいご支援があってこそ優勝できました」と笑顔で感謝のあいさつをし、ファンを喜ばせていた。

2001年11月7日スポーツ報知より

（※27）ラジオチャリティーミュージックソン
ニッポン放送ほか全国のＡＭラジオ11局で放送されるクリスマス恒例の特別番組。初代パーソナリティーは萩本欽一。募金活動などでニッポン放送全社員が何らかの形で番組に関わる。

―8―

2つの「サプライズ」

サプライズ！

1998年の春から始まった「のってけラジオ」だったが、4年半たったところで今度は朝8時半からの番組を担当することになった。

スーパー銭湯からの公開生放送で「のってけラジオ」を卒業することを発表したが、なぜそのタイミングだったのかは覚えていない。

銭湯内の大広間で、テリーさんが私を大変に温かく優しい言葉で送ってくれた。

私は、詰めかけたそろいの浴衣やムームー姿のリスナーの前で、溢れる涙をこらえることができなかった。それは実に感動的で、かつ大変にシュールな光景でもあった。


テリーさんから送り出され2002年秋に始まったのが「うえやなぎまさひこのサプライズ！」という一人で担当する朝8時半から11時の番組だった。

当時、多くのAMラジオのワイド番組の主流は、男女二人形式だったが、ならば一人でやってみるかという感じだった。

この番組で私自身が一番サプライズだったのが、番組の朗読コーナー「10時のちょっといい話」を書籍化したところ10万部も売れて、結局その後CDブックも含め4冊も番組本を出したことだった。

2代目のディレクターS氏が企画し、私の敬愛する放送作家・水野十六さん、清水覚さん、日高博さんが小さな新聞記事から飲み屋で仕入れた話までとにかく毎日毎日取材を重ね文章を紡いでくれたコーナーだった。

その物語が1000話を超えたところで本にまとめ「車いすのパティシエ」というタイトルで出版した。

その後、本が完成するたびに幾度となくサイン会を関東各地で開催した。

秋も深まりゆく公園にテントを張ってのサイン会にも数百人の方が詰めかけてくれ、終了時には公園中の落ち葉が私の足元に吹き寄せられていたこともあった。

また、私が書いたわけではないと何回も説明したにもかかわらず、新聞の取材や講演会の依頼が多く寄せられた。

断り切れずに引き受けた講演会では1時間半の予定が20分ほどでネタが無くなり、見事に立ち往生してしまい大恥をかいたこともある。

そういえば4冊で数千回のサインをしたことになるが、あの時の私のサイン本をまだお持ちだろうか?

京橋の岡田さん

ある時「10時のちょっといい話」で江戸の町火消の話を取りあげた。放送終了後、ニッポン放送の受付に「私の夫は岡田親といい、京橋で寿司屋を営んでいて趣味で町火消の絵を描いています。主人はあなたの大学の先輩にあたります」という内容の手紙が届いた。

京橋から奥様が自転車に乗って有楽町に届けて下さったという。

これがご縁になり岡田ご夫妻との長いお付き合いが始まった。

岡田さんは高校時代からジャズのドラムをたたき、大学ではワイルドワンズの鳥塚しげきさんとも音楽仲間だったが、父の後を継いで京橋の寿司屋「京すし」の四代目のご主人になった。

幼い頃の京橋にはまだ現役の鳶頭《かしら》がいて憧れ、江戸時代の火消しの道具を集めることから始まりさらには町火消の錦絵を独学で描き始め、銀座「伊東屋」で個展を開くまでになったという方。

早い時間に店に行っては駅に向かうサラリーマンの靴音を聴きながら昔の京橋界隈の話を伺うことが楽しかった。

京橋の再開発で店をいったん閉じたが、今は「エドグラン京橋」で息子さんが「京すし」を継いでいる。

そのようなご縁があってこの本の素敵な表紙を描いていただくことになったのだ。

様々な出会いもあった「サプライズ！」の日々だったが、私や番組だけでなく、ニッポン放送、いや日本の放送界が「サプライズ」に巻き込まれることになる。

ライブドア事件

２００４年の秋、ニッポン放送は再び有楽町に戻ってきた。

お台場での最後の担当番組を終え、荷物を抱えて新社屋の制作部のフロアーに足を踏み入れると、更地になったペニンシュラホテル建設予定地の向こうにＪＲの高架までが見渡せた。

その後、この新社屋が連日テレビのニュースで映し出されることを知る由もなく、やっと有楽町に帰ってきたことを皆で喜び合った。

翌年、家人の実家を訪ねた際に元経理マンだった義理の父から「昌彦クン、こんな記事が出ているよ」と日本経済新聞の小さな記事を見せられた。

そこには村上という人がニッポン放送の株を買い集めているというような内容が書かれていたと記憶する。

これが2005年に世間を揺るがした「ライブドア事件」の始まりだった。


当時、現場の私は様々なことをニュースで知るしかなかったが、連日会社の玄関には報道陣が詰めかけ、社員はマイクを向けられ「今のお気持ちは」「社内はどのような雰囲気か」と聞かれ続けた。

同業者なので一言が欲しいという気持ちはよくわかるのだが、いかんせん基本的に何の情報も持ち合わせていないので「はぁ」「いやぁ」と答えるしかなかった。

ある日社内でテレビのワイドショーを眺めていると、まったく知らない人が「いや、結構明るいですよ。はい、淡々とやってます」とニッポン放送関係者として答えていたということもあった。

あれはいったい誰だったのだろう。

連日、経済の専門家がニッポン放送は今後どうなるのかと解説していたが、もはや言ったもの勝ち状態でほとんど大喜利の世界のようだった。

当時、仕事仲間とは「まぁ、状況はよくないけれど、俺たちは最後まで番組を作ることに専念しようや」と話していた。

全社員が集まって対外的に声明も発表したが、当時のライブドア・堀江貴文社長からは「言わされてるだけでしょ」と一蹴された。

あの声明は役員等から言わされたわけではなく、フジテレビを手に入れることだけが目的で、ラジオにはほとんど関心のないであろう堀江氏に対して、番組を作る人間とそれを受け止めてくれる聴取者が多くいるのだという現場の声を上げたのだが、新聞などの扱いは拍子抜けするほど小さかった。

私などは要するに状況の変化にろくに適応もできず、ただただうろたえているだけの情けない人間だったのかもしれない。

また今となってはあの時、どう判断することが正しかったのかとも思う。立場によって見えてくる正義も正論も異なるのだが、ご存知のようにその後ラジオの世界はポッドキャストやSNSとの連動、そして「ｒａｄｉｋｏ」（※28）などネットとの融合を、猛スピードで進めていくことになる。

３月下旬、高等裁判所へのニッポン放送の訴えが棄却された日の夕方、私はサイドに大きく「ニッポン放送」と書かれたラジオカーに乗って東京タワーのライトアップイベントの中継に向かっていた。

「今、この車って日本で一番目立ってるよなぁ」とスタッフとぼやきながら、ラジオ各局がこのニュース速報を伝えるのをカーラジオで聴いていた。

その時、当事者である有楽町の放送局ではリスナーから寄せられた面白川柳が読まれていた。もちろんたまただったのだが、なんとも皮肉な瞬間だった。

仕事を終えて夜に社を出る際にも、裁判の結果を受けて関係者のインタビューを取ろうと取材陣が玄関前で待ち構えていた。

いつもは取材をする側が取材される側になると様々なことがわかる。暗闇の中でテレビ用の照明をたかれると相手の顔や表情はほとんどわからず、口元に突きつけられる何本ものマイクだけがぼんやり見えた。

まぶしい光の中にいるのだが、それがかえってとてつもない孤独を感じさせた。いつものように「はぁ」だの「へぇ」だの言って立ち去ろうとしたのだが、なぜかこの日は語り出してしまった。

「灯台守の方々は、その国の政権が変わろうとも航行する船のために灯台に明かりをともし続けると思います。私も灯台守のように、たとえ経営者が変わろうとも『お前はやめろ』と言われるまでマイクに向かい続けます。」という内容を瞬間的に発してしまった。

後で考えれば単に残留すると言っているだけと気づくのだが、その時は「我ながらなかなかいい事を言ったのではないか」と思ってしまったあたり、相当に浅はかでお間抜けな話であった。

当然のようにその日の夜や翌朝のワイド番組をザッピングしたのだが、私のインタビューは放送されることはなかった。

あんなに緊張しながら真摯に答えたのにと当時の担当番組の「サプライズ！」でボ

ヤキまくった。

ちなみに「ライブドア」に関しては放送では触れるなという事を言われた記憶はない。まぁ触れようにも何も知らなかったのだが。

玄関前でテレビ局のインタビューを受けた翌々日、番組宛のメールを開いたところ、いつもの何倍ものメールが届いていた。

何事が起ったのかと驚き読み始めると、どのメールにも「昨日の日本テレビの『ザ・ワイド』観ました！」とあった。

草野仁さんが司会のワイドショーで私のインタビューが名前入りでかなり長く放送されたということを興奮気味に伝えてくれる内容だった。そういえば一人の女性記者から名前と所属セクションを聞かれたことを思い出した。

数年後、番組のゲストで草野さんにお会いした際にこの時のお礼を言うことができた。

一方でニッポン放送のリスナーがあんなにも「ザ・ワイド」を観ていたことに驚きもした。

ちなみに私はこの時の放送を未だに観ていない。

生放送の街歩き番組

ラジオは暮れも正月もほとんどレギュラー放送が行われる。こんな時期に誰も聴いちゃぁいないだろうなぁと思いつつ、ここで聴いていただいているリスナーこそ、大切にしなければとも思う。

2004年の1月1日の「サプライズ！」は全編外からの生放送だった。オープニングは芝増上寺の境内から始まり、その後東銀座に移動し、そこからその年の秋に戻ってくる予定の有楽町の建設中の社屋の前まで、2〜3時間かけて正月の銀座界隈をリポートしながら歩いた。

2日から始まる初春の歌舞伎を見るために上京したご夫婦、初日の出の帰りに晴海通りを通りかかった車の若者、毎年元日の銀座4丁目の写生をしている年配の男性など様々な出会いがあった。

実はこの企画は例の関西の番組のビデオを送ってもらった中の一本、毎日放送の「夜はクネクネ」という街歩きのテレビ番組に影響されたものだった。

毎日放送アナウンサーの角淳一さんと原田伸郎さんとトミーズの雅さんが夜の街を

クネクネ歩く、街歩きの元祖的番組だった。

偶然出会う人たちとの会話と物語が面白く、いつかラジオでやってみたいと思っていたのだ。

しかし「夜クネ」はVTRで収録して編集されたものだ。

これを生放送で歩き、様々な人と出会いながら、ストーリー性を持たせ。さらにそれを時間内に収めることにチャレンジしたいと考えたのだ。

生放送の街歩き番組は、その後私の数少ない得意技となっていった。

「まさかの報道番組へ」

「サプライズ!」は午前中のワイド番組として4年、それなりに定着し自分のライフワークになるかと思った私の予想は見事に外れ、今度は午前6時からのニュース番組を担当するように言われてしまった。

まったくもって晴天の霹靂で抵抗もした。しかしいつまでも「サプライズ!」と言っている場合ではないと説得され、1年後についに朝の情報報道番組を担当することになった。

終了が近づいた「サプライズ！」に竹内まりやさんがゲストで登場した。

光栄なことに山下達郎さんと竹内まりやさんは、アルバムを出すたびにお話を伺う機会をいただいている。

まりやさんが2003年に「Long time Favorites」というカバーアルバムが出た時には、当時生まれたばかりの息子にお祝いまでいただいた。

そして2007年5月にアルバム「Denim」では、8月に50歳になる私に「50の扉を開けると、そこには素敵な光景が広がっているわよ」という言葉を、まりやさんの名曲「人生の扉」とともに送ってくれた。

しかし扉を開けて始まった私の50代は想定外の展開になって行くのだった。

注釈

（※28）ｒａｄｉｋｏ

ラジオ放送をインターネットでサイマル配信するサービス。２０１０年４月にスタート。これによりＰＣやスマートフォンで気軽にラジオが楽しめるようになった。サービス参加局は徐々に増え、２０１８年現在、すべてのＡＭラジオ局が参加している。

―9―

鶴瓶師匠とGOOD DAY!

ON AIR

政権交代

ちょうど50歳、2007年10月から始まったのが「上柳昌彦のお早う！GOODDAY」。月曜からの金曜、朝6時から2時間半の生放送。新聞を読むことは好きではあったが、なにせ右だの左だのという軸のまったくない浮ついた人間が、ニュースなどを取り上げてよいのやらという思いがあった。

しかし政治や経済の専門家や政治家に話を聞くことはなかなか面白いということにも気づいていく。

新人の頃に玉置宏さん（※29）からミュージシャンや芸能人にインタビューする場合、相手のことを徹底的に調べ、そしてその知識を会話の中にさりげなく入れながら質問すると、相手は「この人は自分の事を知っていてくれる」と安心すると教えられた。

出身地でも誕生日のことでもよいし、コンサートやかつてのインタビューに答えたことでもよい。

それらを会話の中に自然に入れることで「あっこの人は私の事を知っていてくれる

のだな」と思い、それが心を開いてくれるきっかけになるという。

まさに聴いたこともないラジオの番組の、初対面のアナウンサーとしてインタビューすることがほとんどなので「あなたの事をよく存じ上げています」という雰囲気を出すことは重要で、インタビュー後に「また呼んでくださいね」と言ってもう事が、何よりも大切だった。


しかしこれには失敗もある。尊敬する永六輔さんに初めてインタビューした際には「君は私のことを知りすぎている！」と半ば冗談、半分本気で帰り際にピシャリと言われてたこともある。ファンがインタビューするとおかしなことになるという典型だったのかもしれない。

一方でその道の専門家や政治家に関しては、失礼だろうが何だろうが、わからないものはわからない、おかしいと思う事はおかしいと意外に率直に聞けることも知った。

特に政治家に関しては、相手が不快に思うことでもかなり遠慮なく聞けた。百戦錬磨の先方にとってはそんな質問などお茶の子さいさいだったのだろうし、それを聞かれてこそ自説を述べるきっかけと考えていたのだろう。

私が番組を担当した時期は政権交代が叫ばれた頃なので、民主党の議員にはマニフェストをもとに、本当にそんなことができるのかとしつこく聞いた。まぁこちらが無知であるがゆえに、適当にあしらわれていたということだったのかもしれないが。

一夜漬けの勉強が間に合わず、そのまま試験の時間を迎えてしまったような気持ちでマイクに向かう日々ではあったが、季節が二回りしたころには、この手の番組も面白いと思い始めていた。

歌舞伎座の舞台と、鶴瓶さんの後悔

「お早う！ＧＯＯＤＤＡＹ」が始まり半年が過ぎた２００８年の春、笑福亭鶴瓶さんから「落語会をちょっと手伝ってや」と依頼を受けた。

ちょっと、と言うからには、劇場で流れるナレーションだろうと勝手に思い込み、また鶴瓶さんからの頼まれごとは、とんでもなく面白い展開になること間違いないので「いいスよ」と即答した。

しかし、話をよく聞いてみると歌舞伎座、京都南座、大阪松竹座、福岡県飯塚の嘉穂劇場で行われる落語会への出演依頼だった。

六代目笑福亭松鶴師匠の十八番「らくだ」をこれらの伝統ある劇場で弟子の鶴瓶さんが披露するにあたり、進行役として登場しろということだった。

意味をすぐには理解できなかったが「らくだ」を演じる前と後に鶴瓶さんの葬儀を行うという奇抜な演出なので、その葬式の司会をやれと言うとんでもない話だった。

歌舞伎座と福岡の公演は土曜・日曜だったが、京都・大阪は平日の二日間昼と夜の公演で、その中で朝6時から8時半の番組をこなさなければならない。

いやそれ以前にラジオ局のアナウンサーを、歌舞伎座などの名門の舞台に上げるとは、いったい鶴瓶さんは何を考えているのかと半ばあきれた。

しかし一方でこんな経験はできるものではないと、後先考えずに「やります、行きます、司会します」と答えた。

幸い番組スタッフも面白がってくれ、大阪のスタジオから生放送を行いながら京都と大阪の公演に参加することになった。

「うえちゃん、居といてや」

鶴瓶さんといえば新米アナウンサーの頃に、そのラジオとテレビから影響を受けた私だが、実際にお会いしたのは２００３年にニッポン放送で始まった「笑福亭鶴瓶日曜日のそれ」が始まってからだった。

朝の番組「サプライズ！」のゲストコーナーで初めてインタビューをさせて頂いたが、机にただ向かい合ってもなぁと思いスタジオにマイクを立てて掛け合い漫才のように話を伺ったところ、鶴瓶さんがこれを面白がって、ラジオのレギュラー番組、毎日放送の「ヤングタウン日曜日」で「立つラジオ」という企画が始まった。

鶴瓶さんは２００４年、24時間の生放送「ラジオチャリティーミュージックソン」のパーソナリティーを、まだ十代の石原さとみさんと務めたが、これがまさに鶴瓶ワールド全開の番組となった。

私は朝の「サプライズ！」を担当した後、正午から始まる番組の冒頭から6時間ほどスタジオでアシスタントを務める予定だったが、なんとメインパーソナリティ！の鶴瓶さんが番組開始早々外に飛び出してしまった。

目の不自由な方々が安心して街を歩けるように「音の出る信号機」設置などのために寄付金を募るという趣旨なのだから、「スタジオで座っているのではなく募金箱を持って街を歩かなあかんやん！」という非常にごもっともな理由だった。

「うえちゃん、居といてや！」という一言を残したまま、午前1時からの中居正広さんとのオールナイトニッポンと、エンディング以外は本当にスタジオに戻って来る事はなく、私は24時間有楽町のスタジオで鶴瓶さんの留守を預かるという、非常に印象深いミュージックソンになった。

そのエンディングで、サンタクロースの恰好をしてラジオカーに乗り募金隊として走り回ったその年の新人アナウンサー君は、鶴瓶さん、石原さとみさん、そして私が並んで最後の挨拶というタイミングで、中継先から帰ってきて3人の間で誰よりも感極まって号泣していた。鶴瓶さんは一言「なんでやねん！」と言っていたが、その新人君こそいまや朝の報道情報番組「ＯＫ！ＣｏｚｙＵｐ！」のパーソナリティーである、若き日の飯田浩司アナウンサーだった。

そして私はミュージックソン終了後、午後3時からの「うえちゃん山瀬の涙の電話リクエスト」の生放送を担当した後に、よせばいいのに「ミュージックソン」の打ち上げに参加し大いに盛り上がった挙句、翌日に朝から寒風吹きすさぶ屋外でのイベントの司会をこなしたことにより、以降2年間風邪気味の状況が続くというオチまでついた。

このように鶴瓶さんと行動を共にすると予想外の展開に巻き込まれる。そしてこういう時は巻き込まれた方が面白いのだ。


さて、鶴瓶さんの落語会である。

まずは福岡県飯塚市、歴史ある嘉穂劇場での公演。幕があいて鶴瓶さんの落語が始まると思いきや、そこは菊の花が飾られた巨大な葬儀の会場だ。真ん中の大きな写真には満面の笑みの鶴瓶さん。

舞台下手に黒の礼服を着た私がポツンと立ち「誰?」という雰囲気が会場に漂う中「本日はご多忙中のところをご臨席いただき、まことにありがとうございます。ただいまより故・笑福亭鶴瓶殿の葬儀を執り行います」と私が語り始める。

途中、弔電の紹介もある。差出人はタモリさんと明石家さんまさん。ここでは笑いが確実に取れる内容となっている。「活舌の悪さと意味のないギャグがいやだった」

とか「今までにおごってもらったのは大判焼き一個だけだった」という辛口な内容だ。そして私の一人語りの後に鶴瓶さんの落語が始まると言う趣向。

鶴瓶さんの葬儀から、死人が踊るという「らくだ」につなげるという強烈な演出だった。

嘉穂劇場ではまぁこのような感じではないかという雰囲気で公演を終え、迎えた歌舞伎座初日、雨の日だった。

楽屋口から神棚の前を通り通された楽屋は、荷物がまだ運び込まれていない古いアパートの一室のようだった。幾多の名歌舞伎役者の方々は様々な調度品を運び入れ、自分の部屋のようにしていたという訳だ。

何もない畳の部屋から外を見ると、増築を重ねたいくつもの建物が見え、そのトタン屋根に打ち付ける強い雨音が聞こえてくる。新しい歌舞伎座は様変わりしたが、先代の歌舞伎座の裏は、華やかな舞台とは裏腹に寂しささえ感じられた。

もちろんこれはいよいよ歌舞伎座の舞台に立つという不安がそうさせたのだが。

初日の公演が始まった。舞台の板には大道具を立てこんだ際に打ち付けられた無数の釘の跡があった。

私の目の前には花道が見える。葬儀の途中、回り舞台に乗って鶴瓶さんの高座が現われて「らくだ」が始まる。

「らくだ」を語り終えると松鶴師匠の巨大な写真が静かに下りてきて、終演となった。

初日が終わり鶴瓶さんを含め４人ほどで食事に行った。

東銀座界隈の店がどこも入れず「今まで歌舞伎座に出ててんでぇ、どないなってんねん」とぼやきながら鶴瓶さん自身が一件一件店の中を覗き込んでは断られている。

やっと見つけた寿司屋に入り、お疲れさんの一杯もそこそこに鶴瓶さんが「おかしいで、なんかおるで歌舞伎座には。悔しいなぁ、なんでやねん」とボヤキを超えて、本当に泣き出さんばかりに後悔の念を口にし続けて会はお開きなった。

翌日、快晴の歌舞伎座、楽屋も前日のイメージとは少々違う。鶴瓶さんに挨拶に行くと「うえちゃん！ わかったで！ あそこや！ あそこにお参りに行かなかったからや！」と興奮している。

朝に歌舞伎座の入り組んだ建物の中を散策していた鶴瓶さんが、中庭に鎮座した小さな祠に遭遇し、そこに手を合わせることでやっと心が落ち着いてきたと言う。

聞けば舞台の関係者は皆ここで手を合わせるそうで、昨日の夜は雨のため気が付くことなく舞台に上がり「ここにはなんかおるで」発言につながった訳だ。芸事の世界にはこのようなことがままあるのだろう。

「角淳一さんや道上洋三さんがやればいい」

ラジオ局のアナウンサーが歴史と伝統ある歌舞伎座の舞台に上がるという貴重な体験ができた。だから鶴瓶さんの「頼むで」は断ってはいけない。

早朝6時からのニュース番組を抱えたまま京都と大阪の公演も行ったが、京都の夜の公演後、新幹線なら10数分の距離を、用意されたタクシーで大阪に向かったところ名神高速が大混雑。大阪のホテルに着いたのが午前零時で、おでん屋で遅い夕食を取って、ちょっと仮眠をして大阪の、これまた偶然に鶴瓶さんのお友達が運営しているスタジオから生放送を行った。

大阪松竹座で昼夜の公演を二日間なんとかこなし、打ち上げにも参加せず夜遅い新幹線で爆睡をしながら東京に戻り、翌朝には有楽町のスタジオから生放送を行うという、なかなかタフな経験をしたおかげで「まぁどんなことがあってもなんとかなるわい！」と肝が据わるきっかけにもなった。

松竹座ではまったくのアウェイの状態で、東京のラジオのアナウンサーと言っても「誰やねん？」状態。

そもそも鶴瓶さんの紹介も絡みのトークもなく舞台に登場し、いきなり葬儀の司会をするという無茶な設定だったのだ。

冒頭、一人で10分以上のセリフがあったが、最終日には「明日は生放送があって朝が早い」とか「だいたい大阪でやるなら角淳一さんや道上洋三さん（※30）に頼むべきだ」などぼやき続けたところ、結構笑っていただき15分以上しゃべってしまった。

舞台の袖の薄暗い中ですれ違った鶴瓶さんは「受けとったな」と一言。あの時メガネの奥の目が笑っていたかどうかは定かではない。

「土曜日のうなぎ」

報道番組だけでは息が詰まるだろうと、２００８年の秋にナイターオフの期間に企画されたのが、全編街歩きの番組「土曜日のうなぎ」だった。

「サプライズ！」で正月の街歩き以降、富岡八幡宮界隈を直木賞作家の山本一力さんと歩いたり、北品川の旧東海道を散策したりなど何回か街を歩きながらの行き当たりばったりの生放送を行った。

そのような経緯があって始まった番組だったが、冬に近づくにつれ寒さは厳しく、また生コマーシャルを読む際には真っ暗闇で原稿が見えず、あわてて自動販売機まで走りその明かりの前でしゃがんで原稿を読んだこともあった。

毎週土曜日の17時半から20時の間に曲も紹介しながら、偶然の出会いを求めてディレクター、構成作家、技術スタッフと街を歩き回った。

テレビでおなじみの有名人が歩くわけではないし、照明がたかれているわけでもない。場合によってはマイクを脇に挟んで隠しながら突然、店に入っていく こともあった。

それでも不審に思われたり断られたりという記憶があまりなく「実はラジオの生放送中なんです」と断りながら話を聞いた。

開店して間もない茗荷谷の喫茶店でカウンターではお子さんが勉強していたり、神楽坂では長年のリスナーと出会えたり、洗足池では三々五々集まってきたリスナーと池を一周したりと思い出は尽きない。
毎回、編集ができない生放送ならではの緊張感はあったが、俺たちにはそれができるんだぜという自負もあったのだ。

注釈

（※29）玉置宏
テレビ歌番組の司会者のイメージが強いが、出身はラジオ局・文化放送。昭和芸能史・演芸史に精通。ニッポン放送で担当した番組は「玉置宏の笑顔でこんにちは！」（1978－1996）など。

（※30）道上洋三
大阪・ABCラジオで40年にわたって「おはようパーソナリティ 道上洋三です」を担当。阪神タイガース勝利の翌朝の放送では「六甲おろし」を熱唱する。

—10—

その場にいた東日本大震災

ON AIR

長時間生ワイド

ここまで我慢を重ねお読みいただいた方はもうお気づきと思うが、この男やたらと担当番組が変わっている。

会社の方針であったり、それこそ局のアナウンサーを起用して経費を削減するというラジオならではの理由もあった。

しかし一番の問題は私が番組を担当しても数字が獲れないという事なのだ。

田原総一郎さんが著書の中で「民放であれば視聴率を獲ることと、その番組で収益を上げることが大切。その二つをクリアすれば好きな番組が作れる」と書いていた。

収益に関してはそれなりに貢献したこともあったが、聴取率に関してはまったくもって情けない状況が続いていた。

これはひとえに私の力が及ばぬことにあり、数字さえ獲っていればこのように頻繁に担当番組が変わることもなかったろう。

朝の情報報道番組を担当して二つの季節が巡る中で自民党から民主党への政権交代劇を経験し、鶴瓶さんの落語界も乗り切り段々とペースがつかめてきたかと思った矢先に、またまたまた予想外の事が起こった。

午後のふたつのワイド番組をひとつにまとめて、午後1時から5時半までの生放送を担当せよという話が来たのだ。

「あぁこれで夜中の3時前に起きなくてもいいんだ」

と思う反面、

「えっ！ 俺でいいのか？ 文化放送は大竹まことさん（※31）で、TBSは小島慶子さん（※32）だよ！ いいわきゃないよなぁ」

「二つの番組を一つにして局アナってことは、どう考えても経費削減だものなぁ」

「しかし毎日4時間半っていくらなんでも長くないか」

「あっ！ でも大沢悠里さんは『ゆうゆうワイド』を毎朝やってらっしゃるかぁ」

「いやちょっと待てよ。これをしくじったらもう後がないということだよなぁ。まいったなぁ」

「なんだか片道の燃料だけ積んで飛び立ってしまう感じだよなぁ。まぁしゃーないか」

様々な説明と説得を受けながらも、私の頭の中にはこのような言葉が渦巻いていた。

かなり複雑な心境の中、2010年6月という中途半端な時期に「上柳昌彦 ごごばん!」はスタートした。

マイクの前にいればそれで幸せという男ではあったが、毎日の長時間の生放送は肉体的にも精神的にもかなり堪えた。

そして8月に入った頃、背中から首にかけてかつて経験をしたことがないような激痛が走ってしまった。

はじめは寝違えだと思っていたが何日たっても痛みがとれず、ならばと紹介してもらったペインクリニック(痛みをおさえる病院)で頸椎に小さなヘルニアがあることが判明した。

以降、週に1回は痛み止めの注射を喉仏の脇に打ってからスタジオに入ることになってしまった。

長時間首を前に出してマイクに向かう事を続けたからなのか、それともストレスのためだったのか。50代の扉を開けたら番組が次々に代わり、挙句に首と背中が悲鳴を上げるという、なんとも情けない事態になってしまった。

その後、放送は夕方4時までとなったおかげで、徐々に痛みは和らいで行ったものの、朝9時半に出社し、番組が終わって外に出ると夜の6時や7時という、ずっと社内に居続けた生活は、今思い出してもなかなかハードな毎日だったと思う。

この「ごごばん！」という長時間の番組は短い間隔で次々と企画や出演者が代わっていくたびに申し訳ない思いが募るばかりだった。

とうとう5年弱で幕を下ろすことになったこの番組に、内容や企画が目まぐるしく中でずっと付き合う羽目になってしまった相方の増山さやかアナウンサーには、ただただ感謝をするばかりだ。

岳南電車の旅

「ごごばん」では記憶に残る仕事も体験した。

富士山が世界文化遺産に認定された際、ニッポン放送では「一日富士山放送局」的な番組が企画された。

富士山には4回登っているし富士山の周辺もトレッキングでかなり歩き回っている富士山ファンの私だ。

文化遺産になったさぁ登ろう！という内容はどうも違うと感じていた時、新聞で「すべての駅から富士山が見える『岳南電車』」という記事を見かけ、この電車に乗って生放送をやってみたいと思った。

やたらフットワークの軽いディレクターT君は下見を重ね技術スタッフの多大なる協力も得て、岳南電車全面バックアップの元で２０１３年８月「ごごばん！岳南電車スペシャル」の生放送が行われた。

鉄道のスペシャリスト、お笑いコンビの「ダーリンハニー」吉川正洋さんとともに静岡県のＪＲ吉原駅から岳南電車の吉原駅まで歩くところから番組は始まった。

お盆の時期でもあったので事前の告知を聴いて20人以上のリスナーが集まっていた。

この人数だと私とディレクターでなんとか対応できる程よい状況でもあったが、静岡だけではなくわざわざ東京から駆けつけてくれた熱心なリスナーもいて、こうなると皆さんもう出演者の一人である。

みんなでぞろぞろ歩きながら切符を買い、２両編成の電車に乗り込むとほとんど貸切状態になった。

粋な車掌さんが車内アナウンスで「ただ今ニッポン放送の『ごごばん』生放送中です」とアナウンスしてくれた。

駅に着くたびに「本当に来たんだ！」というリスナーが乗り込んできて、中には駅前の生花店から女性従業員の皆さんが手を振りながら駅に向かってくる光景もあった。

人生の中で初めて、あたかも自分がスターになったかのように手を振りながら人が駆け寄って来てくれるという貴重な体験もした。

また踏切では遮断機の前で停まった車の列からみんなが電車に向かって手を振ってくれている。これはもうほとんど優勝パレードの気分だった。

途中の駅で降りてそぞろ歩きをしたり、岳南電車の整備工場では中学を卒業してからずっと整備の仕事をしている60代のベテラン社員の方にお話を聴いた。

電車で行ったり来たりしながらの生放送がほぼ予定通りのスケジュールで進行し放送を無事に終えることが出来たのは、この企画を面白がってくれたスタッフと岳南電車の社員の皆さんの協力があったからだった。

おかげで「土曜日のうなぎ」や「サプライズ！」に続いてこの企画もギャラクシー

賞を貰うことができた。

幸いなことに私が担当した番組は何回かギャラクシー賞や日本民間放送連盟のラジオ部門で表彰された。これはひとえに番組を支えてくれたスタッフの苦労と工夫に送られた賞だと思っている。

山瀬まみさんと

2010年から始まった「ごごばん！」の金曜日は山瀬まみさんをパートナーに迎え「フライデースペシャル」として放送が行われた。

山瀬さんとは1998年秋から、土曜日の昼下がりの生放送「涙の電話リクエスト」を担当してから、番組や時間は様々移行しながらも17年間番組を共にした。

私の他愛もないフリートークやメールに対する感想を的確に受け止めて、まみちゃんは記憶の引き出しから、その場にもっともふさわしいとっておきのエピソードを取り出して紹介してくれる。

するとあら不思議、私の切り出した話題がより面白い方向へと毎回どんどん転がって行った。

どのような話題でも的確に対応してしまう偉大なるこの才能に幾度となく助けてもらい、おかげで毎回「俺って面白いよなぁ」と大いに錯覚させてもらったものだ。

東日本大震災

あの日の金曜日の「ごごばん！」の1時台は山瀬さんとともに、私の敬愛する東京大学博物館教授で動物解剖のスペシャリスト、そして鉄道にも造詣が深い遠藤秀樹さんに、翌日に全線開通を控えた九州新幹線について電話をつないで様々な話を訊いていた。

そして迎えた2011年3月11日、午後2時46分。

大阪在住のゲストと電話で話している最中に、まみちゃんが「あっ」と小さな声でつぶやいた。これが地震の始まりだった。

揺れはさらに大きくなりスタジオの震度計は5強を表示している。

私は身の安全を守ることと、ドライバーは急ブレーキをかけずハザードランプをつけて徐々にスピードを落とすこと、そして津波に注意することをなんとか伝え続けた。

入社した80年代は東海地震の警戒宣言が話題になり、大地震に対する研修も受けた。１９９５年の阪神・淡路大震災の取材経験もある。地震発生時にはそれなりの対応が出来ると信じていた。

揺れが大きくなるにつれ、直感的に首都直下型地震が来たと思い、心拍数はどんどん上がっていく。

スタジオには地震時に読み上げるコメントも掲示されていたが、それを読む余裕はとてもなかった。

それでもラジオで伝えなければならない「まずは身の安全を守ること」「そして余裕があれば火の確認」「ドライバーへの注意喚起」「津波の可能性」という項目が次々に自然に口を突いて出た。

しかし最も記憶に残っていることは、声がうわずったり震えないように語ることにただただ必死だったことだ。

一方で山瀬まみさんは私の目の前で、目にうっすら涙を浮かべ固く口を結んで、悲鳴を上げないように恐怖に耐えてくれた。

あの時、私たちは冷静沈着という状況とはほど遠かったが、それでも最低限の責任は果たせたのではないかと思っている。

しかし、さらに強い揺れの中で放送を行った東北3県のアナウンサーのように対応できるかと問われると、やってみなければわからないとしか言いようがない。

それほど福島、宮城、岩手のアナウンサーはあの過酷な状況に対しできる限りの適切な対応をしていたと思う。

地震後、私は翌日の午前11時まで、断続的に特別番組を担当したのだが、実はどのような事を伝え語ったのかをよく覚えていない。記憶にあるのは揺れの中でみぞおちのあたりに強烈な痛みが走り、それが朝までずっと続いたことだった。

極度のストレスで胃液が大量に出たということなのだろうか。

また、東京電力福島第一原子力発電所の事故を受けて、連日、原子力の専門家がゲストで登場した。

その専門家が原発政策に関してどのようなスタンスであるかもわからぬままに原発の事故は「止める」「冷やす」「閉じ込める」ことで防ぐが可能だという意見を幾度と

なく聞いた。

専門的な知識が欠落していたとは言え、唯々諾々とこの意見を受け入れ放送してしまったことが今となっては悔やまれてならない。

そして現地へ

地震から3週間後、仙台の東北放送のスタジオから「ごごばん！」を放送した。日曜日の早朝、有楽町からラジオカーで仙台に向かい、まだ行方不明者の捜索を続ける自衛隊員の姿を見ながら、津波の被害を受けた沿岸部を取材した。

カーナビには点在している住宅街が表示されているが、周囲は泥と流木となぎ倒された鉄塔があるだけだった。

その中に奇跡的に一軒だけポツリと立っている家があり、前の水たまりでスコップを洗っている二人の少年がいた。

その家の息子さんと友人で、家の泥出しを手伝っているというので中に案内してもらい家族に話を聞くことができた。

Eさんご家族の父親と息子二人は仙台市の内陸部にいて津波の被害を逃れたが、母親は子供たちが心配で塩釜から沿岸部の自宅に車で向かったという。

反対車線は内陸部に避難する車で大渋滞していたが、海に向かう車はほとんどいなかったそうだ。

なんとか自宅にたどり着いて子ども達が家にいないことを確認したとたんに津波が襲ってきたという。

2階に避難して窓から外を見ると真っ黒な海水が流木とともに家の周りに流れ込んできて、周囲の家は次々に流されていったが、なぜか自分の家だけはなんとか踏みとどまってくれ、翌朝になんとか自衛隊に救出された。そして内陸部に向かう渋滞の車列は津波に襲われ、多くの犠牲者が出たことを後に知ることになる。

この時中学生だったスコップを洗っていた次男は仙台市内の中学のハンドボール部に所属していた。

取材からしばらくして母親から、野球部やサッカー部はプロの選手が励ましに仙台に来てくれるがハンドボールはなかなかそういう状況にはならないと連絡があった。

中3の最後の部活なのでなんと励ましてやりたいのだがという相談だった。

この話を番組で紹介したところ、ハンドボールが趣味という「カッチカチやぞ！」でおなじみのお笑い芸人「ザブングル」の加藤歩さんがドイツのプロリーグに所属する選手など、ハンドボール仲間と一緒にまったくの手弁当でEさんの息子の中学校に駆けつけて部員達を指導し励ましてくれたのだ。

この励ましでがぜんやる気になったハンドボール部は、それまで仙台市内で万年2位というチームだったが、その年の市の大会や宮城県大会で優勝し、東北大会まで勝ち進む強いチームに生まれ変わった。

東北放送からの生放送を終えて、まだ地震の影響で段差が至る所にある夜の東北自動車道を、ラジオを聴きながら東京に戻った。

ラジオ福島からは大和田新アナウンサーの、福島県民に寄り添い、ともにこの困難を乗り越えていこうという気迫がひしひしと伝わってくるまさに「魂のラジオ」を聴くことができた。

また一方で震度5強で胃に痛みを覚えるような男が、はたして震度6強や7の地震に襲われたときに的確な放送ができるのか、そして首都圏が大きな災害に襲われた後も「魂のラジオ」をお届けすることができるのか、その覚悟や度胸や力量がお前には本当にあるのかと突きつけられた気持ちにもなった。

大船渡を訪ねて

「ごごばん！」にはフィルムで写真を撮ることを趣味とする関東在住のリスナーから「安くやってもらえるので、毎回現像やプリントを岩手県大船渡の写真屋さんにお願いしているが、地震の後はまったく連絡が取れない」というメールが届いた。

放送作家の日高さんが手を尽くして中学の避難所に身を寄せる大船渡市盛町の写真屋さんを探し出し、その後私も現地を何度か訪ねて話を聞いた。

当時、一番大変だったことは、被災からなんとか再開した写真店で遺影の写真を仕上げる作業だったと言う。

瓦礫の中からやっと探し出した泥だらけのアルバムをきれいにして、亡くなられた方々への思いを聞きながら遺影を制作する毎日は、本当に辛く大変な日々だったと話してくれた。

3月11日は東日本大震災の発生の日であると同時に、被害にあった多くの方々の命日であることも思い知らされた。

また近所ではNHK大河ドラマ「龍馬伝」の大船渡ロケで、福山雅治さんが通った、カレー南蛮が絶品の「百樹屋」さんも沿岸部から店を移転して営業していた。

私も実直そうなご主人と元気な奥様に出迎えられながら、この店の名物で福山さんも大好物の「カレー南蛮」を食べることを毎回楽しみにしている。

福山さんのたっての願いで実現した、2011年4月9日から24時間の生放送「「東日本大震災被災地復興支援ニッポン放送ラジオ・チャリティー・ミュージックソンスペシャル『I'm with Uキミと、24時間ラジオ』」」で「あなたとハッピー」の垣花正アナウンサーがスタッフとともに救援物資を積んで「百樹屋」さんに駆けつけた時の写真が今でも店内に飾られている。

災害とラジオ

首都圏直下地震、そして南海トラフを震源とした広域にわたる地震を私たち、あるいは私たちの子どもの世代は残念ながら必ず体験することになる。

かつて、これだけ人口が密集し文明が発達した大都市で大地震が発生したことはないと言う。

そして「災害時にこそラジオ」と、かつて私もアナウンスしてきたが本当はラジオも様々ある防災グッズのひとつでしかない。

ただ、正しい情報を入手するにはテレビは停電時には見ることが出来ず、スマートフォンの電池を連絡用に温存するためにワンセグの使用は可能な限り控えたほうが賢明だし、ネットの情報は玉石混交の可能性があるとなれば、小さな乾電池で長時間聴けるラジオを持っていて欲しいのだ。

そのためには、やはりどのような番組でもよいので馴染みの声を作っておいて欲しいと思う。第一いきなりラジオを聴いてくれと言ったところで、聴き方すらわからないという人がほとんどなのだから。

また、寝ている部屋の家具が倒れた場合に、少なくとも頭を直撃するような場所には寝ないような工夫も必要だ。合言葉は「家具に殺されてたまるか」だ。

枕もとのラジオもメガネもどこかへ吹っ飛んで行ってしまうだろう。メガネのない生活を強いられ苦労した被災者は多い。せめてメガネはケースに入れておいて欲しい。

暗闇の中ガラスが散乱した室内を歩いて、足の裏にケガを負えばその後に続く避難生活で大変な苦労を強いられるだろう。枕もとにはスニーカーか少なくともスリッパを置くべきだ。

書き出せばきりがないので、これ以上は防災関連の本やネットに任せるが、とにかく揺れの瞬間から数分間はとにかく自分の身体を守ることが肝心だ。そこを乗り切れば後は共助でなんとか乗り切ろう。

注釈

（※31）大竹まこと
タレント。きたろう、斉木しげるとのコント集団「シティーボーイズ」として活動。2007年より文化放送で平日午後の「大竹まこと ゴールデンラジオ！」を担当。

（※32）小島慶子
元・TBSアナウンサー。2009年から3年間放送された、平日午後の「小島慶子 キラ☆キラ」で人気を博す。現在はエッセイストとしても活躍。

―11―

朝が ほのぼの明ける頃

ON AIR

「今夜もオトパラ」

２０１４年３月に月曜日から木曜日の「ごごばん！」は終了した。

４月からは日曜の夜の宿直を担当し、平日の休みには毎週のように奥多摩や丹沢の山々にトレッキングに出かける生活を始めた頃、２年に１回開催されるニッポン放送アナウンサーの先輩諸氏と現役アナウンサーとの懇親会に出席した。

その２次会の席で「ショウアップナイター」でおなじみの松本秀夫アナウンサー（※33）と背中合わせで座ることになった。

松本アナウンサーは、新人アナウンサーの時代にスポーツアナウンサー重鎮の深沢弘さんの薫陶を受け、ロッテを担当するようになると選手の好みの音楽を取材しては、それらの曲をまとめて1本のカセットテープを作り人脈を作っていった人だ。そのような努力と経験をコツコツと重ねて徐々に大舞台の実況を見事にこなしていく姿をずっと見続けてきた（決してニヤニヤと笑いながら眺めていた訳ではないと明記しておく）。

もっとも入社試験の際に「スポーツアナウンサーをやれと言ったらどうしますか」

と面接で聞かれ「いや、無理です」と即答してしまったような私にとって、スポーツアナウンサーの存在はただただ尊敬の念を持つばかりなのだ。

さらに私にとって松本秀夫と言う人物は、その人柄と行動、さらには酒の席での逸話などを含め、そのすべてが気になって気になって仕方がない存在なのである。

スポーツアナウンサーではない私だが、ニッポン放送在籍中にアトランタ、シドニー、北京とオリンピックの取材や現地からの生放送を担当するという貴重な機会をもらった。アトランタオリンピックでは開催中のテロ爆破事件などにも遭遇したが、文化放送、TBSラジオ、TOKYO FMの取材クルーや、NHKラジオのスタッフが持ち込んだ豊富なカップラーメンのおすそ分けにも助けられながらなんとか乗り切ることができた。

シドニーオリンピックではテリー伊藤さんがシドニーに着くなり、現地ガイドさんに「カンガルーをぶん殴ってやる!カンガルーはどこだ!」といきなり吠え、怯えるガイドさんに「いやいや、気にしないで下さいね」ととりなした。もちろんテリーさんの冗談だが初対面で言われるとそりゃ驚く。

そしてこのシドニーでは現地で松本アナウンサーと一緒になり、夜にスタッフとホテルで飲んでいたところ、日本から来たゲストの出迎えに問題があると、なぜかカップ麺をすりながら、あるスタッフに激高し始めた。怒るのは仕方がないかなと思いながら松本さんを見ると、大きなくしゃみをした瞬間に鼻の穴から麺が一本飛び出した。彼はそれをものともせずに正論をぶつけるのだが、そのたびに鼻の穴からぶら下がった麺がヒラヒラして一同笑いを押さえるのが大変だった。

このように（どのようにだ⁉）皆に愛される松本さんと背中合わせで上半身ををひねりながら「いつかさぁ松本さんと番組やってみたいんだよねぇ」と語りかけると「えっ！先輩！　ぼくもです！」という返事が返ってきた。

しかしこの時はまだそんなことも出来たらいいよなという夢物語で大いに盛り上がっただけの夜だった。

ところが、その年の夏「ナイターオフの番組を松本秀夫と組んでやってもらいたい」と上司から告げられた時には、口に出したことは本当になる「言霊」はあるのだと確信したものだ。

こうして始まった番組が、２０１４年と２０１５年のナイターオフに松本さんと担当した夕方5時30分から夜9時までの「今夜もオトパラ！」で、この番組は毎日スタジオに行くことが本当に楽しくて仕方がなかった。

放送後には時折二人で飲みにも行った。松本さんと一緒にいるといつも予想外の楽しいことが起こるが、一方で「熱闘!介護実況私とオフクロの7年間」(バジリコ出版)という本を書くほど大変な介護の経験をした松本さんには、私の母親のことも随分と相談をさせてもらった。

また番組を一緒にやりたいとは思いつつ、その機会もなかなかなさそうなので放送以外のイベントなどで何か出来ないかと、顔を合わせるたびに話している今日この頃だ。

松本さんがフリーアナウンサーになって立ち上げた会社「チェンジアップ」に栄光あれ!と大いにエールも送りたい。

「あさぼらけ」

毎年3月になるとナイターオフに担当した「花の係長ヨッお疲れさん!」や「今夜もオトパラ!」の終了の時期が近づくことになる。

日没も日を追って遅くなり、春めいてくると番組開始の17時30分にはまだ外が明るいことに寂しさを感じたものだ。

特に2016年の3月は松本さんと担当する「オトパラ！」はこれで最後という気持ちと、いよいよ始まる新番組への期待と不安が心の中を激しく交錯した。

その新番組が今担当している「上柳昌彦あさぼらけ」だ。

「早朝の番組を担当してもらえないか」と言われた時は二つ返事で引き受けた。前任の山口良一さんには大変に申し訳なかったのだが、私が最後に担当できる毎日のワイド番組はあの枠しかないだろうと思っていたからだ。

月曜日は午前5時から、火曜日から金曜日は4時30分のスタートで終了時間は午前6時という番組で、生活のリズムなどを考えれば家族にも負担をかけるかもしれないが、どうしても担当してみたかった。

またスタッフは基本的にしゃべり手とディレクターとミキサーの3人でやってくれとのこと。

これも経費削減の一環なのだが、逆手にとってその状況を面白がろうと思った。

「あさぼらけ」とは百人一首でも読まれる「朝がほのぼのと明けるころ」という意味

「あさぼらけ」のスタジオにて（2018年8月3日撮影）。

の大和言葉で、高校の古文の時間に習ったこの言葉を番組タイトルにしたいとふと思いついた。

4時30分のオープニングは、1970年に私が深夜放送を聴き始めたころにラジオからよく流れてきたバニティー・フェアの「夜明けのヒッチハイク」で始まる。印象的なリコーダーのイントロに乗せてしゃべり出せればと考えたのだ。

また5時の時報の後は、鶴瓶さんの番組で知り合った超絶テクニックを持つ堀尾和孝さんのアコースティックギターで始めたいと思った。

新番組のアイディアは次々と浮かんできて、これは何度経験しても至福の時間

となる。（まぁそれだけ番組を終わらせている訳だが・・・）

そんなことを出勤途中の山手線の車内で考えていた時、目の前を幸せを運ぶ黄色い新幹線と言われる「ドクターイエロー」がスーッと追い抜いて行った。これは相当に幸先の良い事だと言って周囲を説得し、入社以来初めて番組タイトルとテーマ曲を自分で決めてしまった。

「そんな時間に誰が聴いてるの？　ご苦労さんなことで」という声も聞かないわけではないし、私にしてもこの時間を担当していなければ明らかに寝ている時間だ。

しかしすべての人が朝6時半に起きて夜11時半に寝るわけでもない。

早朝のラジオを聴いている人にはそれぞれの事情がある。

それは弁当作りであり、長距離の通勤であり、親の介護が始まる前のつかの間に新聞を読みながらのコーヒータイムであったりと様々だ。もちろん通勤途中や夕方に「ｒａｄｉｋｏタイムフリー」（※34）で聴いてくれる人もずいぶん多い。

そこには人それぞれ味わい深い人生模様がある。その事情を出来るだけすくい取り番組で紹介することで「あぁ悩みを抱えて大変なのは私一人ではないのだなぁ」と少しでも思ってもらえれば幸いだ。

「あさぼらけ」リスナーを「運命共同体」と表現したメールを読んだことがある。まさに夜明け間近の「あさぼらけ」の時間に、私は運命共同体のあなたとともにいるのだ…と「オレっていい事言ってるよなぁ」的気持ちに浸りひとり悦に入っているところで次に行こう。

「金曜ブラボー。」

金曜日は朝6時に「あさぼらけ」を終え13時からは「金曜ブラボー。」を17時20分まで担当している。自称「ラジオ二毛作」の一日だ。

大変に申し訳ないのだが相方の望月理恵さんは「ズームイン!!サタデー」や東京FMのパーソナリティーだったよなぁという認識しかなかった。

だから最初にその名前を企画書で見た時は正直驚いた。

私とは縁遠いおしゃれな感じの女性パーソナリティーが、よくも悪くも少々泥臭い午後のAMラジオなどを担当したいと思っているのかなという、素朴な疑問もあった。

そして初顔合わせの日、少しだけ話をすると「あれっ?ちょっと思っていた人と違う。いや全然違う!」とよい意味でこれまた驚いた。

さらに番組の20秒の宣伝CMの収録をスタジオの外で聴いた瞬間に「とても素晴らしいパーソナリティーにニッポン放送は巡り合えたのではないか」とAMラジオ歴だけはやたら長い男に思わせたのだ。

「金ブラ。」には地下アイドルと称される若いお嬢さん方や、そうかと思うと日本のフォークやロックの黎明期を知り尽くす音楽業界の重鎮の方など振り子のふれ幅が非常に大きいゲストの皆さんが次々に登場する。

当初はもちろん戸惑いもあったのが、普通なら出会えないような方々に話を伺える面白さも感じている。また望月さんは毎回非常に丁寧に下調べをしてインタビューに臨んでいることも記しておきたい。

ただし望月さんの机には資料とメモとお菓子と進行表が散乱していて大変なことになっている。

「いいんです。私には何がどこにあるのかはちゃんとわかってるんです!」と言いながら、大量のペーパーの束から何かを探している姿は毎週の恒例行事となっている。

望月さんが2017年に出版した「はずむ『会話の作り方』」（辰巳出版）に、ラジオの仕事をするうえで「3分間に一度、共感、知識、笑い」を意識しているとあった。FMラジオのプロデューサーから教えられた言葉とのことだが、今ではあたかも私が考えたフレーズであるかのように、生放送前に心の中で唱える三つの教えとなっている。

金曜日は長い一日だねと言われるが「金ブラ。」に関してはモッチーに進行をすっかりお任せしている姿を知り合いからは「お前はのんきな父さんか！」と言われている。

まったくその通りで放送時間の長さはまったく感じない…こともないかぁ！

注釈

（※33）松本秀夫

１９８５年入社以降、長年ニッポン放送のスポーツアナウンサーとして活躍。２０１７年に退社した後もスポーツアナウンサーとして多くのプロ野球番組に出演。２０１６年には自身の介護経験を記した『熱闘！介護実況～私とオフクロの七年間』（バジリコ）を出版。

（※34）ｒａｄｉｋｏタイムフリー

ｒａｄｉｋｏはオンエア中の放送が聞けるだけでなく、１週間遡って聴取可能。このサービスのおかげで、録音することなく自由に番組が聞けるようになった。

—12—

退職の日 そして前立腺がん

前立腺騒動

２０１７年、ニッポン放送を定年になる年の7月に受けた人間ドックで、前立腺の状態を調べるＰＳＡの数値が前年より上がっていると指摘を受けた。

０～４であれば基準値内なのだが6を超えたという。

しかし先生は「まぁＰＳＡの数値は日によっても結構変わりますからねぇ。もう少し様子をみてもいいのかなぁ。どうかなぁ」という感じだった。

その時はまだＰＳＡの数値が高いと前立腺ガンの可能性があるという知識すらなく、家人にも「なんかＰＳＡとか言うのがちょっと高いらしいよ」と呑気に伝えた。

いつもなら「あっそう」で終わるのだがこの時は「近所に評判のいい泌尿器科の病院があるから行ってみたら」と言われた。

ならば話のネタにという気楽さで8月中旬に尋ねた病院の待合室は高齢の患者で占められていて、少々居心地が悪かった。

そこで改めてＰＳＡ検査をし、6を超えた数値を見た先生は政治学者の姜尚中さんのようなよく響く低音で「これはちょっと嫌な感じがしますねぇ」と言う。

私は思わず「嫌な感じってなんです?」と聞くと「前立腺ガンですね」と予想外の一言。

自分の置かれた状況をすぐには受け入れがたく、先生から「2泊3日の入院で、前立腺の組織を取る検査をした方がいいです」と強く勧められても「まさかそんな大げさな」と思ってしまった。いや思おうとしていたのかもしれない。

近づく定年の日

2017年8月31日に36年間務めたニッポン放送を定年退職になったが、その一年前には役職定年を告げられた。

お前になんの役職がと思うだろうが、実はそれまで私の名刺には、数年間「チーフアナウンサー」と書かれていた。

しかしアナウンサーのスケジュールを管理するわけでも、管理職が出席する編成会議に出るわけでも、書類にハンコを押すわけでもない、単なる肩書としての「チーフ」だった。

アナウンサーでいる限りは部長にはなれないというそれまでの人事のシステムを変え、新しい肩書を作り私を部長待遇にしてくれたという、いわば会社の私に対する温情だったと思う。

辞令を受け取った日から、今まで横並びで同僚と座っていた椅子が、他の部長と同じようにひじ掛け付きのそれに変えられていたのを見て、意外と普通の会社なのだと妙に感心したものだ。

部長手当が付いたものの、仕事の内容が変わるわけでもなくデスクの位置も横並びのままなので、何が変わったということもないまま定年1年前を迎えたところで役職定年となった。その時にほとんどそれまで意識をしたことのなかった、定年後はどうなるのかという事を漠然と考えざるを得なくなった。しかしひじ掛け付きの椅子だけは、何故か定年までそのまま使うことになる。

煩雑な定年までの手続きは様々あって、退職金や年金の説明も何回か受けることになるのだが、この時点で高校生の娘と中学生の息子を持つ私にとって、教育費ひとつを考えてみても悠々自適の老後はあり得なかった。どう計算しても70歳近くまではお父さんは頑張らなければいかんなぁという事実に直面し、とりあえずは維持費がかかるマイカーを手放すことから始めてみた。

「でもさぁ、お前には手に職があっていいよなぁ」と、よく言われる。確かにそうかもしれないが、ラジオに関わっていきたいと思えばマイクがあってスタジオがあってスタッフがいて初めて成り立つ仕事だ。局に使ってもらわなければ単なる飲み屋のおしゃべりおじさんになってしまう。

ならばラジオの枠を超えて仕事を見つけなければと考えてはいるが、思ったより狭い世界でここまでやってきてしまった事にも気づかされた。フリーになった松本秀夫アナウンサーが様々なジャンルにトライしている姿勢を、私も見習わなければと心から思う。

サラリーマン最後の日

２０１７年８月31日、定年の日。

各セクションにあいさつ回りをして４階のスポーツ部から、５階の自分のデスクに戻ろうとしたら、階段を多くの社員が私を追い越して駆け上がっていくではないか。

「なにか会議でもあるのか？　定年になるとそんな情報も入ってこなくなるのかぁ」と思いながら制作部のフロアー行くと、なんと多くの仕事仲間が私を取り囲み拍手で迎えてくれた。このサプライズには本当に驚いてお礼の挨拶の途中で不覚にも声を詰まらせてしまった。

いよいよ退社の際に社員証を機械にかざしたところ、退社時間は12時42分。なんとニッポン放送の周波数１２４２ｋＨｚと同じ数字だったのだ。

しかし私はこんなところで小さな運を使っている場合ではなかった。

帰りの電車の中でつくづくなんの因果で60歳の定年の年に、ガンになるのかと、己のサラリーマン人生の間抜けな最後に呆れながらため息をついた。

しかも明日も４時半から番組がある。午前２時45分には系列の会社の契約社員としてまた有楽町に戻って来るのだよなぁと思いつつ、贈られた花束を抱えているスーツにネクタイ姿の私はそれはもう誰がどう見ても典型的な定年おじさんの姿だった。

結局９月下旬に紹介された総合病院で、前立腺にブスブスと針を刺して組織を16カ所取ったところ、５カ所からガン細胞が検出されてしまった。

ちなみにこの検査の後は翌日まで尿道カテーテルを挿入したままだった。この時の違和感と絶えず襲う不快な尿意には非常に苦しんだし、カテーテルを抜く際の痛みは、思わず「うおっ!」と悲鳴を上げる程だった。

手術となれば再び尿道カテーテルの不快感を味わうのかと思うと憂鬱でならなかった。

手術

前立腺ガンの治療には放射線治療、ホルモン投与治療という少し時間がかかる方法と、手術をして前立腺を摘出するというういくつかの選択肢があった。

手術にもお腹にメスを入れる開腹手術と、「ダビンチ」という手術支援ロボットによる方法がある。

ロボットと言っても腹に6か所の小さな穴を開け、そこに3Dカメラと3本のアームを入れて遠隔操作で手術を行う方法なのだ。体への負担は少ないと説明され、結局この方法を選んだ。

以前、大腸の内視鏡の第一人者の先生と大腸ガンのシンポジウムで仕事をしたことがあった。様々調べると同じ病院に「ダビンチ」手術のスペシャリストが在籍していることが分かり、これは何かの縁とばかりに先生を紹介してもらうことになった。

話はとんとん拍子で進み手術は12月15日金曜日に行われることになった。

当日、手術の時のBGMは何にしますかと聞かれビートルズとお願いしたが、流れてきた曲は何かと思う間もなく麻酔で意識がなくなった。

声を掛けられ麻酔から覚めた瞬間に天井がうねるように上下する幻覚が見えたとたんに、大勢の人に一斉に腹をつねられるような痛みが襲ったが、痛み止めが効き始めるとそれも徐々に治まった。

翌日から、点滴と尿道カテーテルと尿を溜める袋をぶら下げながら、早くも病院の廊下を歩いたが、ベッドの上で寝たり起きたりすることは、腹筋を使うので一苦労だった。また歩く時も腹が突っ張ると痛みがあるので背中を丸めてゆっくりと、二足歩行を始めたばかりの人間のご先祖さんのように歩を進めた。

そのような状態で歩き終わってやっとベッドに横になったとたんに妻と息子が見舞

いに来て、開口一番「寝てばかりいると治りが遅くなるでしょ！」と諌められた。妻の横では息子が「なんと情けない」いという顔で立っていた。

「いや違う違う！　お父さんは今まで一生懸命に歩いていたんだよぉ！」と弁解する声は、手術の際に人工呼吸のチューブが気管に挿入された影響でガサガサのしわがれ声になっていた。

膨満感に悩まされながらも日曜日には病院内のコンビニまで、新聞を買いに行き夜には尿道カテーテルを挿入したままシャワーも浴びた。

懸案のカテーテル問題だったが、不思議なことに検査の時のような不快感もなく、トイレに行く必要もないのでしばらくはこのままでいいと思うほどで、さらに翌週の水曜日にはさしたる痛みもなくカテーテルを抜いたが。しかし今度は尿のコントロールという大変に厄介な戦いが待っていた。

前立腺の摘出とともに尿道括約筋にもメスが入った。要は水道の栓がバカになった状態なので、当然ながら尿が意思とは無関係にダダ漏れになるという、なかなかやっかいな状態になってしまった。

紙おむつの日々

手術から一週間後の12月22日金曜日には退院になったものの、以後は尿漏れパッドや紙おむつの世話になる日々が続いた。

また手術の影響なのか身体中に湿疹ができて痒みに苦労したり、便秘やお尻の奥の方の筋肉の痛みが続くなど予想外の事も起こった。

そのような状況だったが、術後11日目には生放送になんとか復帰することができた。これはひとえに体への負担が開腹手術よりも軽い「ダビンチ」による手術と、それを巧みに扱う担当の先生の腕のおかげだった。

しかし尿のコントロール問題は悩ましく、術後1か月に芝居を観た帰りに（松本アナウンサーがコントを数本書いた芝居だった。まったくもってなんて多才な人なのだろう）仕事仲間と軽くビールを飲んでみたところ、駅まではなんとか無事にたどり着けたものの、改札を出たとたんにホッとしたのか、大量にお漏らしをするという大惨事が発生した。

あの時は濡れた股間に吹き付ける北風の冷たさが本当に身に染みた。

しかし2月の後半に入ると、お尻の筋肉をキュッと閉める方法でかなり尿のコントロールもできるようになり、3月4日、日本武道館で行われた「あの素晴らしい歌をもう一度コンサート」の司会では尿漏れパッドを外して白いチノパンツでステージに登場することもできた。

この時に出演者の泉谷しげるさんから「おう！いろいろ大変だろうけどなぁ、がんばれよ」と言葉かけてもらったことが励みになった。

なかなか厄介な経験だったが、男性ならば誰にでも可能性はあるので、何かの参考になればと書かせてもらった次第だ。

入院中には、4年間で5回も様々なガンの手術を体験したニッポン放送リスナーとも知り合いになった。また、同じ時期に前立腺の摘出をした人とは「尿漏れどうです?」と確かめ合う同志にもなった。

退院の日に先生から聞いた「人間の体は、宇宙の仕組みや成り立ちと同じく実はまだまだ分からないことだらけです。だからこそ我々医者は、人間の体に対していつも謙虚な姿勢で向き合わなければいけないのです」という言葉が非常に印象に残った。

退院の準備をしていると、翌日に前立腺手術を控える人が不安な面持ちで病室に入って来た。

私は、オリバー・ストーン監督の映画「プラトーン」のオープニング、ベトナム戦争の最前線にやってくる新兵を迎える古参兵のような気持ちになってしまった。

日本人の２人に１人はガンになると言われるが、私はなる方の人であったし、再びガンになる可能性の高い人間でもあるのだろう。

定期的な検査を怠りなく生活をしていこうと思っている。

そして月並みな言葉だが「早期発見」と「早期治療」に勝るものはないということも最後に伝えておきたい。

合言葉は「ＰＳＡの数値は大丈夫ですかぁ?」だ。

—13—

これからのラジオ
これからの人生

ON AIR

影響を受けやすいからこそ

トランプ大統領は直前にアドバイスを受けた人の意見に影響されやすいと分析した人がいた。真偽のほどはわからないがこの気持ちは私にはよく理解できる。

悩んだり落ち込んだり迷ったりした時に、ふと接した一言に猛烈に影響を受け、一瞬にして妙に前向きな気持ちになってしまうという、要は相当におめでたい非常に単純な男という訳だ。

影響を受けるのは映画、小説、落語、旅、などなどなんでもござれだが、ラジオについてどうにもなぁと思った時に観直したり思い出してみる映画がある。

伝説のＤＪ。ウルフマン・ジャックが深夜に一人でマイクに向かうシーンが印象的なジョージ・ルーカス監督作品「アメリカングラフィティー」だ。

ベトナム戦争の泥沼に入り込む前夜の小さな町の若者たちのカーラジオから一晩中流れて来る音楽は、町はずれの高台のスタジオからウルフマンジャックが送り続けている。リチャード・ドレイファンス演じる、明日は故郷を離れ大学に進む若者のリクエストに答えて明け方に流れて来るザ・プラターズの「オンリーユー」はまさにラジオの魅力の原点だ。

また、イギリス・ＢＢＣではポップスは一日に数十分しか流してはいけないという英国政府の規制に抵抗して、船上からロックやポップスを本土に送り続ける海賊放送のＤＪたちの物語「パイレーツロック」も、様々思い悩んでいるラジオ屋の方々にはお勧めの映画だ。

女好きだがなんだか憎めないＤＪたちが24時間交代で放送を送り続けるおバカ映画なのだが、担当している時間が早朝だろうが深夜だろうが関係なく、ラジオはいいもんだよなぁと思わせてくれる映画になっている。

私自身は自分でディスクジョッキーとは名乗ったことはない。音楽に対する愛情や造詣の深さから言ってその資格はないという理由だが、時々、イントロに乗せてなかなかいいんじゃないかぁという曲紹介をすることもあるが、それは明らかにこれらの映画の影響を受けている。

さして関心のなかった曲がその紹介の仕方一つで耳に入ってくることを信じての事だが、それを意識しすぎてイントロが終わり曲紹介が歌詞にかぶってしまいお叱りをいただくこともある。ちょっと格好をつけているだけにトホホな話だ。

落語にはその語り口調までが影響を受け過ぎてしまうので、つかず離れずという姿勢で接するようにしているのだが、赤坂ACTシアターで毎年行われる立川志の輔さんの「志の輔落語」の演目、「大忠臣蔵～仮名手本忠臣蔵～」と落語「中村仲蔵」の構成と語りは本当に勉強になる。

前半では「仮名手本忠臣蔵」の成り立ちと、本来は物語の流れの中でさしたる意味をなさないと言われた「五段目」を、たとえ話と笑いを交えて歴史の授業のように志の輔さんが一時間語る。

これを受けて後半では落語の「中村仲蔵」の熱演となる。歌舞伎の名家の出身ではない江戸中期の歌舞伎役者中村仲蔵が、周囲の嫌がらせで押しつけられた「仮名手本忠臣蔵」の、客が弁当を食い出すという「五段目」のしかも不人気な役の斧定九郎を今の人気の役にした工夫と苦悩をたっぷりと語る。

前半の、図やレーザーポインターなども使った「忠臣蔵」の成り立ちと物語の説明を聴いているので、人はぐいぐいと後半の落語に引き込まれていく。

また落語「中村仲蔵」は、工夫ひとつで不人気で役者からも観客からも軽んじられていた役が魅力的なものに生まれ変わることを教えてくれる。

その工夫が受けるのか受けないのかと言う瞬間など、エンターテインメントにかかわる人なら自分のことのように物語に引き込まれることだろう。

二度この会を見る機会があったが、二度ともACTシアターからの帰り道、相当の興奮状態で「オレにもまだやれる事と、やらなくてはいけない工夫があるのだ！」と巨大なTBSの社屋を見上げながら思ったものだ。

年齢を重ねると、そんなことは前にもあったとか、もうすでに経験したことだと、どうしても思いがちになる。

また新しい何かを観ても聴いても、そんな程度でいちいち感心も感動もしてたまるかと心が動かなくなることも多い。

ところが私のような生粋の「影響受けがち男」にしてみれば、まだまだ心が突き動かされることが多いので、これは幸せなことだと思っている。

飽きっぽいからこそ

とはいえ、我ながら一つの事が長続きしない飽きっぽい性格だと思う。本棚には昔からその時々で興味を持った趣味などの入門書が並んでいたと思う。

さらに小学校中学校の相次ぐ転校体験も、この性格が作られる後押しをしたのではなかろうか。

アナウンサーと言う仕事は続けているが、その仕事の内容を見れば立ち上げてつぶした番組は数知れずと我ながら呆れるばかりだが、この性格を考えればどだい長寿番組など夢のまた夢だったのだろう。

しかしそれぞれの番組で、様々な体験できたことには感謝しているし、長続きしなかったことで、それだけ多くの分野の方々との出会いがあったと、ここは真に勝手ながら前向きに考えておきたい。

これからも飽きっぽいと言われても、あっちで影響受けてこっちで興奮して、あれに手を出してこれにはまってと言う人生を歩み、それをラジオで伝えていくことできればこんなに幸せなことはない。

ちなみに好きなのは一発勝負の生放送の特番で、番組終了後にスタッフとわいわい飲むことだが、最近はその手の仕事はめっきり少なくなりましたなぁ…。

どこにだって『プロジェクトX』がある

振り返ってみれば最後の最後まで、まったくもって間抜けなサラリーマンアナウンサー人生だったと言わざるを得ない。

さらに、賢明なリスナーならとっくにお見通しだろうが「あなたのそばにいつも寄り添って」など耳に心地のよいことを言いながら、寄り添うとは程遠い放送もあった。

仲間の営業部の人間が、ネットでもテレビでも雑誌でも新聞でもなく、ラジオにその貴重な宣伝費を出稿してくれるようスポンサーを苦労して説得してくれたことと、それが後輩たちともちろん自分自身の給料につながることだけを考えてマイクの前に立ったことも一度や二度ではない。

「人よし」「店よし」「世間よし」という近江商人の昔からの教えから言えば、収益を少しでも上げるために「店よし」「店よし」「店よし」とならざるを得なかったのだ。

しかしそれでも、少しでもラジオを聴いている方の役に立つことや、共感を得てもらえることはないかと常に工夫をして来たとも思っている。

たとえば生コマーシャル（※35）で紹介する商品ならば、それを必要としている人には確実に届くように紹介することが肝心だ。その場合、とにかく書かれていることだけを正確に読みあげることも一つの方法だと思う。

しかしその商品をまったく必要としていないリスナーにも、聞きものとして商品の開発秘話を「へぇ、なるほどなぁ」と耳を傾けてもらえる紹介はできないかと様々取材もしている。もちろんすべての商品ではないが、思わず人に語りたくなるような開発現場の「プロジェクトX」が意外とある。そして、それをいつどのように使うかがしゃべり手のセンスなのだろう。

スマートスピーカーの時代、ラジオは

ラジオの将来はどうなるのかとよく聞かれるが、自分の数か月先の番組のこともわからないまま自転車操業でここまで来てしまったというのが本当のところだ。

高校生の娘と中学の息子はユーチューブにアップされた「おもしろ動画」とゲームに熱中している。

「たまにはテレビを観なよ」と子どもたちに言っているぐらいだから、ましてラジオ

にいたっては、というのが我が家の現状だ。

きっと私にとっての深夜放送が、彼らにとってそれがネットやスマホに変わったということなのだろう。

大学卒業の時に放送研究会の後輩が、私あての色紙に書いてくれた「AMラジオって将来なくなるんじゃないですか？」と言うメッセージをよく覚えている。またニッポン放送に入社した頃には「わが社は最後につぶれるようなラジオ局にならなければいけない」という当時の社長の訓示もよく覚えている。

去年の秋、東京モーターショーに出品されるコンセプトカーを見に行った。近未来の車はドライバーがシートに座ったとたんに、次々に語り掛けてくるのだ。「今日の天気は晴で気温が20度です」とか「最近ちょっと運動不足ですね。仕事の後にジムに行くといいのでは」だの「その後は最近おすすめのイタリアンの店に行くのはどうですか。予約を入れておきますよ」など相当に余計なお世話だろうと思えることを語り掛けてくる。

ドライバーはより進化したスマートスピーカーを搭載した車と会話をし続けている光景を目の当たりにして、これはカーラジオのライバルどころではなく、ラジオの居場所がないではないかと思ったものだ。

バラ色の未来がラジオ局に待っているとは考えにくい状況が次々に出現するのだが、しかしその一方で私の入社当時にＡＭラジオがＦＭからも電波を送出したり（ちなみにニッポン放送はＦＭ９３、ＡＭ１２４２）、インターネットで番組を聴くことが出来る時代が来ると誰が予想できただろうとも思うのだ。

さて、私の子どもや孫の世代にとって音声メディアとはどのような存在になっているのだろう。

聴くに値するものだけが生き残る

そんなラジオの将来の話を友人二人と酒の席で交わしたことがある。一人はもともとは私の「オールナイトニッポン月曜２部」のリスナーで、大船で小学校時代の友人と久しぶりの再会を祝して飲んでいる時に、急に耳元で「うえちゃんですよね」と会話に割り込んで来た男だ。以来35年近い付き合いがある学芸員の資格を持ち博物館の勤務経験もある公務員のN氏である。

もう一人は永六輔さんの番組の常連リスナーで、私の「サプライズ」も聴いていてくれた何故か神主の資格を持つ同い年のH氏だ。

「気の利いた会話まで出来てしまうAIとやらがますます進化したら、ラジオはどうなるかね。居場所がなくなるよなぁラジオ…」と私。

すると学芸員のN氏は「博物館でも、収蔵品を4Kや8Kの技術を使い、なかなか見ることができない箇所までカメラを入れて撮影して公開したとしても、たとえ長時間並んで人の頭の間からやっと眺められるような状態でも、やはり博物館で本物を見たいという人の方が圧倒的に多い」と言う。

またH氏は「永六輔さんの晩年の放送は、非常に聞き取りにくい状態であったかもしれないが、それでも多くのリスナーが熱心にその一言一言に耳を傾けていた」と言った。私も敬愛する北山修さんがゲストの時などには、一言も聞き漏らすまいという気持ちで拝聴していた。

それは何故かと二人は声をそろえて「見るに値する、そして聴くに値するそれだけの歴史の積み重ねや価値があるものを、受け手はちゃんと理解しているからだ」と言った。

つまりはその価値を知らず、また理解できなければただの古い絵画や彫刻であり、聞き取りにくいお爺さんの言葉でしかないのだが、その存在する意義を十分に伝えることができれば、苦労してでもそれに接しようという人たちが大勢いたということだ。


この時、私は聴くに値するものだけが生き残ることができるのだと言われた気がした。ジャンルを問わず話芸として聴く価値があるものであれば存続する可能性があるという訳だ。


これは私にとって相当に耳の痛い話だった。

しゃべり手の力量と演出のセンスがますます問われる状況の中で、ラジオは生き残りをかけて行くのだから、気分はもうほとんど消えゆく日本の伝統文化を必死に守り続ける職人さんのようにも思える。

とはいえ私の場合は職人さんの崇高な志とはほど遠く「だってよぉオレはラジオを聴くのも、番組を作るのもどうしようもなく好きなんだよ。ラジオってやつに出会っちゃったんだよぉ。そんだけなんだよ。上田慎一郎監督の『カメラを止めるな！』風に言えばまさに『ラジオを止めるな！』なんだよぉ」というきわめて単純で稚拙な理由で毎日マイクに向かっているのだが。

相手に気持ちよく喋ってもらうには

未来永劫その名が残る一流のラジオパーソナリティーになることは遠い昔に諦めている。ならばと「超二流」を目指して悪戦苦闘した結果が、この本に書いた様々な間抜けなすったもんだであったというわけだ。

ちなみに「超二流」とは野村克也さんが監督時代に残した「一流は無理でも超二流にはなれる」という言葉から来ている。

勉強もスポーツも中途半端だった男が、つきつめれば人を笑わせてなんとかモテたいという程度の理由でこの商売を選んだようなものなのだが、実際にこの仕事を続けるうちに、8割以上は人の話を聞いていることに気が付く。

たとえば大多数のゲストの皆さんは日常の中にラジオの存在は無く、もちろん局アナの私のことなど知る由もない。

だからこそ玉置宏さんの教えを守り「初めまして上柳昌彦と申します」という会話から始まる中で、いかに相手に気持ちよく話してもらい、また別れ際に「今日は楽しかった。また呼んでください」と言ってもらえるよう工夫をしながらインタビューをして来た。

毎回それなりに資料を読み込み、どのような順番で話を聞くか作戦を練り、また当日にそれをいかに勇気を持って捨てることができるかを試され続けてきた。私の唯一の座右の銘である「聞く力は偉大なり」という、これも野村克也さんの名言を、この仕事のためにある言葉として書き留めておきたい。

ここまで私のお間抜けな私のエピソードを長々と書き連ねてきたが、今思う事は人生とは本当にまったくもって思い通りには行かない事ばかりということ。思いもかけないことに直面してお間抜けな面をさらして呆然とたたずむことの連続で、それでもやれやれとまた歩き出すことの繰り返しだった。

相当に間抜けで切ない経験をしても「どんな辛いことでも数年たてば必ず笑い話になる」と信じて毎日を過ごしてきた。さすがにこれは野村克也さんも語ってはいない私のオリジナルの言葉だと思っている…。

若造の気持ちで、自分の居場所を

ニッポン放送を退社して、今度は系列の「MIXZONE」（※36）という会社に世話になることになり、幸いなことに今も毎日マイクに向かっている。

ニッポン放送には高田文夫さん、三宅裕司さん、徳光和夫さん、小林克也さん、和田アキ子さん、イルカさんという先輩のパーソナリティーがいて、また他局にも先輩パーソナリティーの方々が元気に活躍している。

甘えるなと言われそうだが、そのおかげでいつまでたってもまだまだ自分はペーペーの若造だなぁという感覚でいられる。また仕事仲間は私より10歳から40歳近くも年が離れているのだが、実は自分ではその年の差をあまり感じておらず、ともに知恵を出し合っていいものを作る仲間だよなという気持ちで日々を過ごしている。

明らかに、若いスタッフと日常的に接していると自分も同じようなものだろうと錯覚できることが、気持ちや感性の若さを保つ秘訣になっているという訳だ。

一方で、ご多分にもれず家庭や社内でなんとなく居場所がないなと感じることも確かにある。煙たがられているのか近づきがたいと思われているのか自分ではよくわからないが、まぁそれはそれで仕方がないし、確かにそうだろうと思う。だからと言って還暦過ぎのおっさんが無理に愛想を振りまいたところで「わっ！　何この人」と思われるのが関の山だ。

だが幸いにも私には今のところ「スタジオ」という居場所がある。淡々と日々を過ごしながら、いざスタジオの分厚い扉を閉め、日々の様々な事は取り合えず脇に置いてイヤフォンを左耳に突っ込み、マイクに向かってカフを上げた瞬間に、そこが私にとってのつかの間の居場所になるという訳だ。

お前は特殊な仕事だからそんなこと言えるのだと思うかもしれない。しかしこの本を読んでいるあなたも、是非どこかに居場所を見つけて欲しいのだ。それはどこだっていい。仕事でも趣味の世界でも飲み仲間でも自分の部屋でも本の中でも、もちろん家族でもいい。理想は複数の居場所があればいいのだが、とりあえず一つ居場所をお互い確保しようではないか、ご同輩！

注釈

（※35）生コマーシャル
番組のパーソナリティーがリスナーに向け、実際に食べたり試したりして、商品を紹介するラジオではよく見られる宣伝方法。

（※36）ＭＩＸＺＯＮＥ
２０１８年発足のニッポン放送を中心とした。番組制作、技術などを手がける会社。かつては「エル・ファクトリー」と「サウンドマン」という会社だった。

―おわりに―

定年？　終わってる場合じゃない！

定年退職と言ってもその後の人生は様々な選択肢がある。そのままリタイヤして自由な時間を過ごす人、再雇用で嘱託として会社に残る人、新たに自分で仕事を立ち上げる人、場合によっては地方に移り住んだり海外で暮らす人もいるだろう。

私の場合は系列の子会社に契約社員として所属して、とりあえずは今までと同じようにラジオ番組を続けることができた。

それでも環境や心境の変化はあるものだ。そのような中で内館牧子さんの「終わった人」の原作を読み、舘ひろしさん、黒木瞳さんの映画も観てみた。

平日の朝、丸の内ＴＯＥＩの窓口で「『終わった人』１枚」と言ってチケットを買うリタイヤしたであろう人たちの列で、私は「朝すでにひと仕事終えたから観に来たのです感」を全身から醸し出してみたものの、傍から見れば私も「終わった人」感があふれる人だったのだろうか。

それを証拠に「『終わった人』1枚、シニアで」と言っても、免許証の提出を求められることも「えっ!見えませんねぇ」と言われることもなく1100円のチケットをスッと渡された。

作品の主人公は盛岡の名門高校のラグビー部の主将で、東大法学部に現役で入学し、卒業後はメガバンクに入行したが役員一歩手前で関連会社に出向になり、そこで定年を失意のうちに迎えさせてそれから時間を持て余した彼がどうするのかという物語だ。

高学歴のエリートで、定年の日はハイヤーで帰宅。映画では描かれなかったが年金の額がやたらと高く、資産もかなりあり娘は結婚をして孫もいる。また妻は美容師の資格を40代で取って働いているというかなりレベルの高い定年後の設定だ。

しかし「終わった人」の主人公の、どこにも居場所がない感じや奥さんとの冷めた会話、一方で自分が必要とされた時の喜びようなどに身につまされる思いもあって、笑う箇所なのになんとなく笑えないという気持ちにもなった。

ちなみに若い東島衣里アナウンサーは映画を見て、私にとって痛いエピソードの数々もゲラゲラ笑っていたという。

　私の場合は子どもがまだ高校生と中学生で、物語の主人公と資産の面を比べても雲泥の差がある。また健康の面でも還暦を過ぎたとたんに何かの罰かという状態にも陥ってしまった。

　だからまだ自分を「終わった人」などと卑下している場合ではなく、「終わっている場合ではない人」としてジタバタと運命に抗って生きていかなければならない。

　うん、それはそれで面白い。自分の人生はまだまだ先行きが分からぬことばかりで結構ではないか。

　出来ればこれからもラジオを続けながら、今まであまり経験をしたことのないテレビのナレーションや、災害や医療などのシンポジウムの司会などにも積極的にチャレンジしてみたい（本当は学生時代のようにラジオドラマの役者をやりたいと思っている。理想はNHKラジオの「新日曜名作座」の西田敏行さんと竹下景子さんのように、一人で様々な役を演じることなのだが如何せん民放ラジオではその需要はない）。

　何はともあれサラリーマンアナウンサーを定年まで続けると、そのような展開もあるのかと思ってもらえることが、長く世話になったニッポン放送と今所属している会社に対して多少の恩返しになるのではと、思ってしまうあたりが昭和の人間なのだろうか。

ラジオのアナウンサーになっていなければ、そしてラジオに出会っていなければ私の人生はどのようなものになっていただろう。よくぞラジオにめぐり合わせてくれたものだと思うと、なかなか感慨深いものがある。２人の子どもたちにも、これから何かに出会うことがあればと願う。

紙面の関係で触れられなかった番組もある。また記憶違いと思い込み、事実誤認などもかなりあると思うが、どうかお許しいただき優しくそっとご指摘をいただければ幸いだ。

また自分の仕事を書き残しておくべきかと考えていた時に、絶妙なタイミングで声をかけて下さった三才ブックスの梅田庸介さんと放送作家の河野虎太郎さんには、心からのお礼を申し上げたい。

最後にここまでどうにかこうにかアナウンサーをやってこられたのは、ひとえに自分の才能のおかげ…ではまったくなく、番組をいつもお聴きいただいているあなたと、その番組に関わってくれた仕事仲間のみなさんと、さらには私の酒に付き合ってくれた友人たち、そしてなんといっても大切な家族のおかげだと思っている。心から感謝申し上げます。そしてこれからもどうぞよろしくお願いいたします。

はっ！　あんたもよく言うよと思ったあなた。いやいや、本当に心からの言葉ですから！

【著者紹介】

元ニッポン放送、現・フリーアナウンサー(ミックスゾーン所属)。1957年8月1日生まれ。現在「あさぼらけ」「金曜ブラボー。」「笑福亭鶴瓶日曜日のそれ」(ニッポン放送)にレギュラー出演。過去のおもな担当番組は「オールナイトニッポン」「HITACHI FAN! FUN! TODAY」「ぽっぷん王国」「上柳昌彦のお早うGoodDay!」「上柳昌彦 ごごばん!」など。2017年定年退職。

定年ラジオ

2018年9月1日　第1刷　発行

著者…………上柳昌彦

発行者…………塩見正孝

発行所…………株式会社三才ブックス

〒101-0041　東京都千代田区神田須田町

2-6-5 OS'85ビル

電話 03-3255-7995　FAX 03-5298-3520

htttp://www.sansaibooks.co.jp

印刷・製本所…株式会社光邦